阅读即行动

Savage Reprisals
Bleak House,
Madame Bovary,
Buddenbrooks

Peter Gay

现实主义的报复

历史学家读
《荒凉山庄》
《包法利夫人》
《布登勃洛克一家》

［美］彼得·盖伊　著
刘森尧　译

本书献给

Dorothy 和 Lewis Cullma

——是他们改变了我的生活

以及我在纽黑文的同事们：

Doron 和 Jo Ben-Astar

Jerry 和 Bella Berson

Henry 和 Jane Turner

狄更斯的脸……是一个总是在对什么东西进行斗争的人的脸，但他是公开斗争的，而且并无惧意，这是一个虽有怒意但生性宽容的人的脸——也就是说，一个19世纪自由派，一个有自由思想的人，一种被所有如今正在争夺我们灵魂的发出臭味的小器的正统思想以同样的憎恨所憎恨的类型的脸。

——乔治·奥威尔论狄更斯（1939）

福楼拜终其一生反复强调，他写作的目的就是为了对现实展开报复，对他而言，激发他文学创作的首先是这种负面经验。

——略萨论福楼拜（1975）

但是，对于艺术家的敏感性来说，让他对现象和经验做出反应，并对它们进行有力的辩护的唯一武器，就是表达，就是描述。这种通过表达做出的反应（用某种心理学上的激进主义来说）是艺术家对其经验的崇高报复，他的敏感度越高就越激烈。

——托马斯·曼论托马斯·曼（1906）

目录

序言：超越现实原则 1

1 愤怒的无政府主义者：狄更斯的《荒凉山庄》...... 27

2 患有恐惧症的解剖师：福楼拜的《包法利夫人》...... 75

3 叛逆的贵族：托马斯·曼的《布登勃洛克一家》...... 127

结语：小说的真相 175

引文出处 196

参考文献简述 212

致谢 225

序言
超越现实原则

I

在 19 世纪，文学的现实主义最为风行的时候，这种风格备受赞誉，其中以诗人惠特曼所说的一句话最为凯切中肯："只要适当说出事实，则一切罗曼司立即黯然失色。"巴尔扎克曾经把自己看成是"历史的抄写员"（the amanuensis of history），这样的论调将是本书要深入研究探索的一个主题，不过这本身就说明了一个小说家的强烈现实感。1863 年 2 月，屠格涅夫有一次在巴黎的一次晚餐聚会中——福楼拜、法国当时的批评泰斗圣伯夫（Sainte-Beuve）以及日记撰写者和小说家龚古尔兄弟（Goncourt brothers）等这些文学界名流都在场——这样说，俄国的作家们，虽然迟了些，也都已经加入了现实主义的行列。

事实上，即使进入了 20 世纪之后，欧美许多小说家仍然坚定奉行"现实原则"（Reality Principle），他们和读者之间业已形成一种默契，即作家有义务贴近个人和社会的真相，只创造"真实的"人物和环境。简言之,他们的小说必须呈现出日常生活的真实面。至于描写英勇骑士和华丽冒险以及妖艳女色和不幸恋人这一类的浪漫传奇,在他们而言是格格不入的。相反,这些现实主义者会在他们的资产阶级读者的生活情境中,比如他们说话或生活的真实方式中,去寻找写作的素材。即使是经典的现代主义作家,像普鲁斯特或乔伊斯,他们在小说中所创造的人物都一样坚持遵循人类本性的法则;事实上,《追忆似水年华》和《尤利西斯》这样的小说作品企图伸入人类内在的生活核心,前者以细腻分析的手法著称,后者则充满语言学方面的实验,他们的方法比同时代的许多更墨守成规的小说家更有效。无论是前卫还是传统的现实主义作家们都在不断努力描绘具有可信度的故事背景和人物。

我在本书中预备要探讨的三位作家都是现实主义作家,只是他们各有不同风格。他们的作品都一致指向对世俗生活的忠实描写。以狄更斯而言,他的小说充满对异常行为的描写,甚至轻易把好人和坏人截然两分,但他坚持——特别是在《荒凉山庄》(*Bleak House*)一书中——他所呈现在读者面前的想象的场景,都是符合自然和科学的法则的。托马斯·曼在撰写《布登勃洛克一家》(*Buddenbrooks*)一书时,他所依据的是他个人对吕贝克（Lübeck）早年生活的记忆，他在书中所塑造的人物大都以家族中的成员或以前的旧识或甚至他自己的哥哥亨利希（Heinrich）为原型，他的目的也只是为了让他的小说读起来逼真而具有可信度。即使像福楼拜这样的作家，那么鄙夷当时流行的所谓"现实主义"，甚至斥之为暧昧和粗俗的代名词，然而他自己在写作《包法利夫人》（*Madame Bovary*）一书之时，还是发展出自己的一套现实主义，以不厌其烦且彻底的执着姿态去塑造他小说中的人物，让他们看起来就像现实世界中我们所看到的那样栩栩如生。所谓的"现实主义"，不管作家、批评家或读者如何定义，他们都会一致同意，一个严肃的小说家必须把自己严格限制在仅描写有可信度的人物，生活在有可信度的环境之中，然后参与有可信度的（有趣的是，它应该是人们所期望的）事件。

然而，随着小说家地位的不断提升，这种情形遂把现实主义的领导者推向了现实原则之外。他们不单只是平凡生活的摄影师和抄写员，他们更是文学的创造者。他们超凡的想象力使他们以社会科学家被禁止的方式获得了解放——所谓的社会科学家指的乃是社会学家、政治学家、人类学家及历史学家等（本书下面的篇幅我将以"历史学家"统称上述的这些社会科学家，以求简便）——对历史学家而言，首要之务乃是追求事实并给予理性的诠释。因此之故，19世纪的作家们沉浸于不受陈腐观念束缚的权利中——当然一切仍得维持在理性的范围之内。19世纪中叶，正当福楼拜在从事《包法利夫人》的写作之时，曾经给他的女友路易丝·科莱（Louise Colet）写过好几封很精彩的情书，这些情书今天看来实在无异于美学论文，他在信中反复强调："首要之务：对艺术的热爱。"

托马斯·曼的《布登勃洛克一家》出版之后，曾经在他的家乡吕贝克造成不小轰动，同时还招来许多恶意的批评，他感到很诧异，因为他并未想到他的同乡会以"对号入座"的心态来看待他的第一部长篇小说，他带着抗议的不悦口吻这样说："一个作家企图面对的现实，可能是他自己日常生活的世界，可能是他最熟悉、最热爱的人物。他可以尽其所能将自己依附于这个现实世界所提供的一切细节，也可以贪婪地、顺从地利用现实中最深层的特质来表现他的文本；但对他而言——对全世界亦然！——在现实世界和他所完成的作品之间，必然存在着巨大的差异。换句话说，现实世界和艺术世界此两者之间永远会因为这本质的差异而有所不同。"

这种现实主义的策略可说相当富于说服力，无须多加评论。我们不必过分要求现实主义的现实程度。诚然，现实主义的小说家和读者都很清楚，现实主义并不等同于现实。在《布登勃洛克一家》这部小说之中，托马斯·曼在推动故事进行之际，有时会在叙述中间写上一句简单交代，比如"两年半过去了"，借此提醒读者，小说中时间会如杂技般飞跃。福楼拜在《情感教育》一书的后面部分用短短几个字"他去旅行"打断了男主角生活的连续性，然后也一样用很简短的描述来交代男主角从1848年到1867年之间的所有行动。现实主义小说把世界切开，然后用特殊手法将其重新组合。这是一个风格化的现实世界——经过推动和扭曲——完全为了作者描述情节和人物的发展之必要而设计。甚至当小说家诉诸巧合事件的发生或"神从天降"（deus ex machina）之类偷懒的设计时，他们也声称，他们所刻画的世界是真实的。

现实主义小说是文学，而不是社会学或历史，这是不言而喻的。这样的小说会允许类似狄更斯的《荒凉山庄》之中所出现的愉快或令人惊异的怪诞情节之发生，也可以接受福楼拜在《包法利夫人》之中对法国外省地区一位带有忧郁气质的美女之解剖式的描绘，还可以欣赏托马斯·曼在《布登勃洛克一家》之中描写最具颠覆性的家族故事时所频频使用的反讽笔调，这些都可以为读者带来许多阅读上的乐趣。我并不反对文学批评家把小说家，包括现实主义小说家，看成是懂得把琐碎平凡的日常生活转化成艺术之黄金的炼金术士。我在这几页所说的任何内容都无意阻挠读者将小说视为具有自己的标准、自己的圆满,以及自己的胜利的一种美学产物。毕竟小说实在是现代文明的一项极为重要的成就。

当然,阅读小说的方式绝对不会只有一种:可以把它当作文明的乐趣之泉源,也可以当作是寻求自我精进的教育工具,同时也可看成是进入某种文化的门户。我已经指出其中第一种并加以赞扬,至于第二种,连同其善意和诚挚,我预备留给精神的教育家和推销员。在本书下面的篇章之中,我想尝试去探索第三种:把小说看成是知识宝库来研究(不过也可能是不可靠的宝库)。在我看来这是一项必要的工作,因为如何从小说中提炼出真相来绝非不言自明。

和一般小说读者一样,许多历史学家经常会忽略上述这层困难,不加批判地把小说看成提供某种社会性和文化性信息的档案性资料。当然,一个有头脑的学者绝对不会把卡夫卡的《审判》看成是奥匈帝国时代有关司法体制的直接报道,同样的,他也不会从《城堡》中考察土地测量员的职责。然而,19世纪的小说家,特别是大多数现实主义小说家——例如葡萄牙的克罗兹(Eça de Queiróz)、法国的龚古尔兄弟、美国的豪威尔斯（William Dean Howells）——经常被当作时代特定信息的可靠提供者，无论是法律规定，或是社会习俗，像父亲在家庭中的权威地位以及妇女在家庭中所扮演的角色，或是婚姻嫁娶中经济因素所占的比例，或是一般公职人员的薪俸平均数额，甚至称呼主教的正确方式，所有这些都成为了学者们趋之若鹜的重要研究资料。

我们在此不妨看一下19世纪西班牙小说家加尔多斯（Pérez Galdós）令人难忘的小说《福尔图娜塔和哈辛塔》（*Fortunata and Jacinta*），小说的背景设定在1870年左右，历史学家可以从中得到大量可靠的历史信息，例如当时马德里的中产阶级婚姻是什么样子，大学里的知识风尚如何，以及商业交易和地方性政治怎样运作等等。同样，对百货公司的历史感兴趣的学者在左拉写于1883年的《妇女乐园》（*Au bonheur des dames*）中会有所收获，只是要接受其中一些夸张和过度简化。上述现象说明了为什么一本小说可以成为一份不可逾越的指南。它处于文化和个人、大与小的战略交汇点上，在一个亲密的设定中操演政治、社会及宗教等观念和实际运作的问题，发展的预兆和时代的冲突等等。如果我们阅读方式正确的话，一本小说会是一种绝佳的启发性档案。

现实主义小说之所以具有如此丰富的综合意义，正是因为它让其人物经历特定的时空考验,好像这些人物都是作为其文化和历史缩影的真实的个人,他们稳固地扎根于他们所生存的世界之中。他们会有这样的成长过程:起先当他们五六岁的时候,就像是他们所生存的社会之小型综合缩影,他们从正式的和非正式的长辈和师友——父母、兄弟姊妹、保姆以及仆人、老师、教士、学校同学——那里学得行为的准则、品位的标准和宗教信仰等等。因此,一个生长在意大利的小孩会讲意大利语或圣公会的小孩会依附圣公会的信仰,这是很顺理成章的事情。这样的小孩在经历了早年的家庭和学校生活之后,便学会如何应对自己的兄弟姊妹、学校同学以及权威人物,有时会成功,但有时会失败,成功时获得奖赏,失败时则是惩罚,而且学到生存所需的一些小虚伪。现实主义小说家们必然要让其小说中的人物符合这样的基本生活事实。

小孩子在早年所习得的教训,不管是轻易学来的还是顽固抵抗的,总是会不断持续下去。这在维多利亚时代不新鲜,在古希腊时代亦然,从柏拉图的时代以至19世纪初瑞士的教育改革者裴斯泰洛齐(Pestalozzi)的时代,情况都是一样的。早在弗洛伊德提出这一理论的一百年前,英国诗人华兹华斯就说过这样有名的话:小孩乃人类之父(the Child is father of the Man)。1850 年，福楼拜去近东旅行时，在写给母亲的一封信中曾这样说："最初的印象总是无法磨灭，您知道得很清楚。我们总是带着自己的过去往前生活，在我们一生的历程当中，总会时时感觉到奶妈的存在。"总之，一个在家庭的茧中成长起来的人，很难脱离小时候家庭生活强加给他的影响。

马克思主义的文学批评家经常抱怨说："资产阶级"现实主义小说总是无法充分描绘出其人物所生存和活动的社会背景。他们当中一位重要的理论家普列汉诺夫认为，资产阶级小说的批判性读者应该把艺术的语言转译成社会学的语言。但是我们不必去学习辩证唯物论即可认出我前面说过的，大与小之间不断而紧密的互相作用现象。霍桑在《红字》一书中大肆发扬美国的清教徒精神，他并没有凭借任何的文学理论。陀思妥耶夫斯基写《卡拉马佐夫兄弟》时，并未得助于弗洛依德关于家庭三角关系、俄狄浦斯情结的理论。

我在本书中将阐明，想象的人物如何通过（或通不过）这个世界加诸他们身上的各种试炼，在最私密的领域里，在内心中——比如在《荒凉山庄》里主角对早期受虐的反应，在《包法利夫人》里女主角对婚姻的幻灭，在《布登勃洛克一家》里一个商业家族家道衰落的过程。所有这些人物的反应都离不开文化上的因素,但感知的唯一中心始终是个人,他们企图试探其中之缘由,估量其所引发之结果。因此,我的读法不但可行,甚至还会得到许多意想不到的收获,对研究社会现象的学生而言,读小说时就像摆荡在大与小之间,然后探索其交互作用的道理。简而言之,小说就像是反映现实世界的一面镜子。

II

然而,这面镜子的反映并不完美。司汤达曾经把小说定义为沿着公路移动的一面镜子,这样听来很有意思,却不够完全:这是一面扭曲的镜子。狄更斯在《荒凉山庄》之后,于1854年所出版的一本成熟作品《艰难时世》(*Hard Times*)可以说明我提到的这一点。这本小说开始时,教师葛擂硬(Thomas Gradgrind)对着他的学生这样说:"现在,我要的是事实,我们只要教导小孩认识事实就可以,其他什么都不要。事实是生命中唯一首要之务,其他什么都不必去理会。"狄更斯用揶揄的口吻称这位说出此一讨厌教条的教师为"现实的人"(a man of realities)。继而狄更斯更以一种吹毛求疵和辛辣的机智语气来抨击这位教师的教条根基:边沁和他的徒众所标榜的无情、冷血、几乎毫无人性的"功利主义"(utilitarianism)哲学。他显然认为当时这种学说正风行于英国各地并正在毁掉这个国家,而他笔下的工业城市焦煤镇(Coketown)是功利主义的完美发源地。

狄更斯像扮演公诉人一样,把证人叫到前面来,要他们承认他们被所受的教育如何可怕地扭曲了,因为这种教育只注重智力而忽略了心灵。葛擂硬自己的儿子从小被惯坏而任性胡为,他遵循他父亲的教育信条,最后竟沦为银行劫匪。至于葛擂硬的女儿,在她父亲理念的熏陶之下,她的一颗心灵从孩提和少女时代以来就从未真正获得发展,她只知道唯命是从,也没交到什么朋友,最后下嫁给家财万贯的银行家庞得贝先生(Mr. Bounderby),他是整个焦煤镇最有钱的人,遗憾的是,她并不爱这个丈夫,而且根本不会爱。

当然,狄更斯这样的抨击并不是对一个哲学流派的严肃批评,这只是一种单纯的讽刺。我们要是把它当作事实的指控就会被误导,就像对葛擂硬功利主义的指控一样。事实上,在19世纪30年代及其后几十年间,边沁的思想对英国人生活的影响,分析起来会是很复杂的一件事情。边沁对当时英国法律和僵化的英国传统毫不容情地大肆挞伐,他是个致力于以快乐和痛苦的计算为核心的心理学的激进主义者。他在英国国会有许多颇具名望的追随者,他们有时甚至成功地把他的观念转化成立法的依据和行政命令。但狄更斯也许太过于感性和无知,以至于无法理解边沁思想的重要性。①

对于上述提醒,小说对历史学家有很多话要说。即使他们搞错了,也可能是以富于启发性的方式犯的错,揭示出了典型的阶级态度或宗教偏见。像狄更斯这样的作家,经常会以煽动性的手法来吸引读者,进而赢得无可匹敌的欢迎,他似乎说出了许多同时代人对善良和公正的渴望。福楼拜在刻画法国中产阶级时充满恶意曲解,表达了对中产阶级品味忍无可忍的文学和艺术的前卫艺术家的焦虑。至于托马斯·曼,他在哀悼和惋惜德国贵族的衰落之余,对剧烈社会动荡的破坏提出了敏锐的见解。但我们别忘了,任何人要是期待把小说当作涉猎知识的辅助,必须警惕小说作者的固有立场、在知识上的局限、限定性的文化视角、作为权威提供的知识细节,更不用说神经质的痴迷。因此,我们在读小说时,要是

---

① 豪斯(Humphry House)所撰写的《狄更斯的世界》(*The Dickens World*,1941)一书中有这么一段话:"许多人现在还会读狄更斯,他们把他的作品看成是对社会不公的记录和批评,好像他是个伟大的历史学家和社会改革者。"他当然两者都不是。至于他对功利主义的态度,豪斯写道:"我们无法知道他是否不喜欢边沁的理论,因为我们找不到证据可以证明他懂那些理论。"

把小说看成是探索社会、政治以及心理学的线索，必须经常咨询第二种意见。

III

有一种类型的现实主义小说对作者和读者会有特别严格的要求，那就是历史小说，尤其是当小说中涉及到历史上的真实人物时。比如有些著名历史人物像罗马皇帝哈德良、罗伯斯庇尔、拿破仑、梵高、俾斯麦、罗斯福总统父子、斯大林，甚至猫王，还有数不尽的其他人，这些人都曾经走入小说之中成为主要角色。当小说家刻画这类人物时，如果是出于抒发他们个人的政治热情或政治偏见（许多人的确曾经这样做），那么他们的作品所能提供的有关历史的智慧就相当有限了。他们只是把读者从别的地方已经熟知的史实加以戏剧化一番而已，要不就是更添油加醋一番，借以满足个人的政治观点。① 历史小说的作者免不了会挣扎于已经定论的传记

---

① 例如维达尔（Gore Vidal）的《黄金年代》（*The Golden Age*，2000）一书，这本小说采用了一个长期以来不被认可的观点，认为罗斯福总统挑拨日本人去偷袭珍珠港，像这样的小说显然变成了一种政治攻击，而不是一本"可靠的"历史小说。

事实和个人文学想象的翱翔之间,因此读者必须容许他们在编织小说中主角人物的对话和思想时,有一点点可资自由挥洒的空间,只不过这个挥洒空间的界限要如何准确拿捏,恐怕会是一个值得注意的问题。坦白说,能够自由挥洒的范围是相当有限的。万一他们不小心,所编织的对话内容违背了史实,那么他们所刻画的历史人物,比如俾斯麦或梵高,就会沦为某种意识形态或某种幻想的工具,会在很大程度上成为另一种虚构的人物,只是这个人物恰好有个真实的名字。

创造现实是一桩吃力而严苛的工作,好比拼装马赛克图案里缺失的片段,有些还无法辨识。在从事写作之时,虚构的篇幅有多少必须符合史实、有多少可以自由想象发挥,这很难有规则可循。在小说中如何去安排历史上真实人物的言谈和行为,其想象空间的发挥可能会因作家的写作技巧和所掌握的历史资料充分与否而有所不同。对于有才华并且充分掌握资料的作家而言,可资发挥的想象空间是很大的。女作家希拉里·曼特尔(Hilary Mantel)在她那本以法国大革命为背景的大部头历史小说《一个更安全的地方》(*A Place of Greater Safety*,1992)中曾这样说:"这本书所处理的事件极为复杂，因此在戏剧化和解释史实之间经常会互相冲突。"① 这是一位历史小说家必须解决的问题，曼特尔尽其所能贴近事件发生的日期和场所，至于人物方面，她的主要角色像罗伯斯庇尔、丹东、戴穆兰及马拉则完全以符合史实为原则，这方面她做得很好。然而，当要刻画这些主要角色的年轻时代及他们的亲密关系时，作者必须越过她手中所掌握的史实资料而稍稍发挥一下她的想象功夫（当然她必须小心翼翼以免想象得过了头），而书中所描写的最为吸引读者的恰好就是这个部分。这本小说要通过的考验，毋宁说是作为一部掺杂想象的历史著作，可以让专门研究法国大革命的历史专家读起来也不觉得有什么不妥之处。

一般读者在读小说的时候，会倾向于信任小说家所写的内容，正如同他们也会相信历史学家所写的内容一样。如此做的代价往往比想象中要高，例如：一般人都相信英国国王理查三世之所以会那么恶毒，乃是由于他那难堪的驼背，但这毕竟与史实不符。莎士比亚这位都铎王朝的天才宣传家在

---

① "读者可能会问要如何去分辨虚构和事实，"她说，"一个简略的指引：看起来感觉特别不可能的，很可能就是真实的。"这听来很有趣，她的小说所处理的是一个迷人的时代的故事，这样的说法并非不能成立，但这不能当作一般通则。

刻画这位历史人物的时候编造了这一特征。由于他的写作手法活泼生动，竟会让我们误以为他所写的就是真正的历史，虚构变成了"事实"。如同读者想要信任小说家，小说家也总想要让自己值得信任。现实主义历史小说家要赢得这种信任格外困难。

我们不妨看看《战争与和平》这本小说，借以说明这种文类及其问题。托尔斯泰在年轻的时候尽管过的是浪漫不拘的生活，但毕竟还是喜欢涉猎群籍，他读了许多书。1865年，当他着手动笔写《战争与和平》时，早已充分掌握了有关拿破仑战争的重要史实，他研究过许多的回忆录、书信、自传、历史书籍，甚至还去访问过许多研究这段历史的专家学者。他的主要资料来源是当时比较流行的历史著作，比如其中最有名的就是梯也尔（Adolphe Thiers）所写的大部头巨著《执政府和帝国史》（*Histoire du consulat et de l'empire*），这本大著主要描写从法国大革命，历经恐怖时期，以至拿破仑专政掌权并对外发动侵略为止的一段历史。这部多达二十册的长篇巨著对托尔斯泰而言，实在是个取之不尽用之不竭的珍贵宝藏，他能够自由自在地加以参考引用。

因此，托尔斯泰在写《战争与和平》时手头并不缺乏庞杂繁多的历史素材可资运用，而且这些素材还都是相当地权威可靠，因而他在书中描写的涉及史实的大多部分，都经得起挑剔的检验。实际上，托尔斯泰坚持认为，他可以记录每个事件最微小的细节。这种说法显然是可疑的。此外，他还被一套激进的历史理论所迷惑：历史上的大人物只是历史洪流中他们无法辨认或是认出也无法克服的力量之玩物而已。真理并不存在于名流们滔滔不绝的言论中，而是出自卑微农民或是粗鲁而诚实的士兵口中，他们说出了自己国家的真正精神。因此在托尔斯泰眼中，作为虚荣的化身，喜欢吹嘘自己的行动改变了世界的拿破仑，是历史洪流中最可怜的傀儡。至于他笔下的另一个重要历史人物，在拿破仑于1812年入侵俄国时领军与之对抗的库图佐夫将军（Prince Kutuzov），则摇身一变由一位宫廷人物变成了令人十足钦佩的全俄罗斯灵魂的代言人。① 托尔斯泰所谓的历史哲学是一种有趣的观点，但问题是，他在呈现历史事实的时候允许这种观点凌驾其上。

---

① 以赛亚·伯林（Isaiah Berlin）在《刺猬与狐狸》（*The Hedgehog and the Fox*）中如此写道："托尔斯泰毫无疑问有权利赋与他的小说人物，譬如别祖霍夫或卡拉特耶夫（那位有智慧的农夫），所有他所欣赏的美德：谦逊、不被官僚或科学性的理性至上的盲目所拘泥，等等。库图佐夫可是个历史上的真实人物，我们可以从《战争与和平》较早的草稿中看到，（转下页）

以至于每当事实和他的论调有所冲突之时，他宁可牺牲事实去迁就他的论调。当然，这部小说的大部分内容作为经过戏剧化的历史是可以接受的，同时我们也可以把它当作文学作品欣赏。

IV

由上面所述我们应该了解到，我们在估量小说中所提供之证据时，不仅要探索小说本身的问题，还要了解小说作者和他的社会背景。我们不妨借用吉卜林说过的一句话：就小说论小说，我们对小说到底了解多少？我们为了能够了解小说所能提供给研究者的是什么，必须先了解小说是怎样形成的。本书下面的篇幅所要探讨的正是小说在一个时代的文学

（接前页）他原来是一个阴滑、老迈、腐败堕落的宫廷人物，这些都是有稽可查的历史事实，但在拿破仑战争中由托尔斯泰笔下写来，却摇身一变而成为令人印象深刻的全俄罗斯民族的象征，高尚纯洁而充满直觉智慧。"当这种转变完成之后，"我们就把事实抛诸脑后，然后走入一个想象的领域，一个历史和感情的氛围，一切跟事实有关的证据开始显得虚无飘渺，但这在托尔斯泰的艺术性处理手法而言是必不可少的。他对库图佐夫这个角色的神化描写虽说违反历史事实，而托尔斯泰多次表示他对真理的神圣事业有着不可动摇的献身精神"。

和政治之中，以及赋之以生命形式的作者之中如何形成。

概括而言，我们可以归纳出小说写作动机的三个主要来源：社会、技艺以及个人心理学。当然这三样东西并非截然可分，而是互相交融在一起的，并由此构成了文学创作活动的复杂过程。只有把这三种东西置放在一起，以独特的、不可完全预测的比例大小，它们才会创造出一幅画像，一座雕像，一出戏剧——或是一本小说。只有三四流的作品才会主要取决于单一动机来源：一个受雇去为人捉刀的作家，他的写作动机只为图利而已；一篇平庸乏味的史诗必定是出自其作者对前人的拙劣模仿；一位作家的第一部作品大多只是他个人早年记忆的复述。为了让文学获得真正的特出之处，最内部的动机之升华需要比这更多的精神操练。但是基本上而言，我上述三种创作动机的来源——小说家的社会背景、小说家的技艺水平以及小说家的心灵状态——此三种要素之冲突性合作才能做到这一点。

在这三种要素之中的最后一个，行动的心理学泉源，包含了无意识的愿望和焦虑，这显然带有双重作用。对小说家而言，最终会对他们带来至大之冲击的，不单只是他们的文化中所发生的一切，还有他对此的看法；而且，这样的冲击也不单只是反映在他的专业对他的要求上面，这还涉及到他如何接受或塑造其经典程序。这听来好似我企图强行以精神分析的方式去阅读一位作家的作品，尽管我对这种解读方式抱有同情甚至也参与其中，但我也充分意识到其自有危险性。这样的倾向会帮助还是阻碍对文学作品的理解，这得看我们怎样由此提出主张。比如说像乔治·艾略特的《织工马南》（Silas Marner）这样的小说，把它看成是作者为了抚平她生命中的创伤而写是一回事——事实的确部分如此——而把这个片面的诠释当作充分的，排除其他调查的必要性，则是另一回事。所有简单的和单向度的阅读，包括弗洛伊德式的精神分析，都会轻易落入我们向来所鄙夷的大而化之的"还原论"（reductionism），这不但无趣，而且不够周全。

V

自从19世纪末叶以来，现代主义作家之所以反对现实主义小说，正是对于此一"还原论"的指控。几部现代主义的经典杰作，如乔伊斯的《尤利西斯》或普鲁斯特的《追忆似水年华》，还有伍尔夫的《达洛卫夫人》，这些作家无不汲汲于追寻能够充分捕捉复杂的人类本质之表现技巧，借此超越前人如左拉或冯塔纳（Theodor Fontane）等人的成就。此外尚有一些次级现代主义作家，以用字遣词、叙述观点、内心独白甚至大胆颠覆标准英文之用法等种种实验手法来达到这一目的。

其实，从某个角度看，这些革新者也是各自为政的现实主义者，现实主义小说从未消失。上述那些革新者只不过是为小说作者更进一步扩展了现实世界的范围而已。旧的现实主义作家也声称要了解作品中主角的行为动机，只是他们的表现方法比较间接，让读者从角色的行为当中去推断他们的心理状态。相较之下，新的现实主义作家则直接渗透到角色的行为表面底下。正如作者的心灵是对其作品进行探索必不可缺的元素一样，其所创造之虚构角色之心灵，也有待谨慎小心地进行分析。这时候，读者可以诉诸的第二种意见不是历史，而是心理学。由此看来，旧的和新的现实主义作家实际上仍属于同一个文学世界，但他们之间还是存在着某些重要的差异。

没有一位现代作家像伍尔夫那样清晰明白地面对这条鸿沟。1924年，她写了一篇题名为《本涅特先生和布朗太太》（Mr. Bennett and Mrs. Brown）的著名文章，她在文中特别指出，她所要求的现实主义绝对不满足于只是描写故事人物社会性的表面行为。许多人都读过这篇文章，或至少引用过她在文章里所提出的观察："1910年12月左右，人性发生了变化。"她所说的改变指的是"宗教、行为、政治以及文学"等方面的改变，不过她真正关心的是文学方面的改变。她对当时主要的现实主义作家并不满意。她特别引用和她同时代的另一位小说家本涅特（Arnold Bennet）的看法："一本好小说的基础在于人物的创造，此外别无其他。"她完全同意本涅特的看法，"我认为所有小说……都在处理人物角色的问题。小说的形式，或者笨拙、冗长、枯燥，或者丰富、轻快、活泼，都是为了表现人物而展开的，不是为了说教、歌咏或赞颂大英帝国的荣耀。"

然而，本涅特在写自己的小说，在创造他的人物角色之时，并未做到他自己所提出的原则，这正是伍尔夫要反驳他的地方。她随便举出他的一部小说《茜尔达·莱斯维斯》（*Hilda Lessways*），并提出她的批判观点：作者不厌其详描述女主角从她的窗口所看到的城市景观，继则对女主角所住的房子的所有细节努力铺叙个不停，甚至连她妈妈怎样付房租的杂碎琐事也要花费笔墨去做一番详尽报告。在伍尔夫看来，这些都是错误的方法，是一种蹩脚而发育不良的现实主义。当然，她也未必尽然把19世纪的现实主义小说都看成是失败的作品，至少像托尔斯泰的《战争与和平》，她就认为把

"人类经验的一切主题涵括殆尽，几乎无所不包"。显然伍尔夫并未强制要求小说家必须是现代主义者才能符合她所提出的那种既深且广的对现实主义的严格要求。

对研究狄更斯、福楼拜和托马斯·曼等人之现实主义的学者而言，这个合理的议程让他们松了一口气：我们可能会怀疑，像狄更斯这样一位文学史上少见的伟大讽刺漫画家，是否真正做到了如他自己所相信的，深刻理解了人类的现实世界。我们将会看到，这是一个难题，因为有一些办法可以透过夸张的方式去接近真理。不过，在本书以下的篇章里会证明《包法利夫人》（伍尔夫将其列入伟大小说的简短名单）及《布登勃洛克一家》的作者无疑有这样的理解。他们和狄更斯留给历史学家许多事情做，特别是对弗洛伊德学说不畏烦难的历史学家。

《坐在书桌前的狄更斯和他创造的小说人物》,〔英〕布朗(J. R. Brown)绘,创作时间不详(图片出自 Corbis 公司)。狄更斯一生共创作了 14 部长篇小说,还有大量的短篇小说和杂文、游记、戏剧、小品。

1
愤怒的无政府主义者
狄更斯的《荒凉山庄》

I

狄更斯擅于在他小说中的某些关键性时刻展现他的看家本领,保证经常会让他的维多利亚时代读者读到感动落泪的,就是他对感伤的死亡场景的描写。在《荒凉山庄》这部小说里头,他以极精湛的手法描写了几个角色的死亡。首先是那位可爱、固执的年轻人卡斯顿(Richard Carstone),他因为想一夕致富的美梦破灭而伤心绝望死去;其次是女主角的母亲德洛克夫人(Lady Dedlock),她死在自己情人的墓旁;然后是乔(Jo),这位浑身脏兮兮而又目不识丁的烟囱清洁工,他在小说中的死亡给予狄更斯抨击他那些冷硬心肠之同胞的绝佳机会。不过,这其中最精彩的莫过于对克鲁克(Krook)突然暴毙的描写,这是一个猥琐而卑鄙的专收破烂的小商人,有一天,他突然倒毙在他的那堆破烂当中。这个特别的死亡方式无意利用读者对优秀催泪场景的偏爱,而是诉诸他们的轻信。狄更斯期待他的读者能够相信,克鲁克的死亡是由于

"自燃"(spontaneous combustion)。

然而,有人并不这么看,有些人甚至还带着怀疑口吻提出他们的反对意见,其中有一个人就是刘易斯(G. H. Lewes),他是个声名卓著的杂志编辑和文学评论家,同时也是乔治·艾略特的伴侣,他声称"自燃是无稽之谈"。狄更斯并未一笑置之,或是承认用离奇的方式安排一个虚构人物的命运只是有趣的文学自负,相反他积极为自己辩护。他在《荒凉山庄》的序言里还特别举出18世纪一些专家的说法,说明过去至少有三十个"自燃"的真实案例有稽可查。他进一步强调,希望热爱他的读者能够谅解:"我绝对无意误导我的读者,我在描写这一段插曲之前已经仔细研究过许多这方面的资料。"他似乎没有想过他找到的权威够不够权威。当我们谈到19世纪的现实主义作家时,狄更斯绝对不会是第一人,但他一直想强调,他所掌握的现实是正确无误的。

狄更斯同样为他在《雾都孤儿》(*Oliver Twist*)一书中所刻画的妓女南茜(Nancy)做过许多辩护。萨克雷曾批判他在该小说中所创造的"南茜小姐一角实在是一个不真实到极点的角色",并且认为"他在描写这类年轻女人时不敢说真话"。狄更斯在小说序言中这样生气地反驳道:"去争论这个女人的行为和性格是自然还是不自然,是可信还是不可信,是对还是错,都是没有用的,我只能说,**这一切都是真的。**"他把"这一切都是真的"这句话的每一个字都用大写字母写出,好像期盼在印刷品中喊话去代替理性的争辩。在这场争论中也有一些利害关系:狄更斯把妓女描写成具有一颗"金心"(heart of gold),他的小说恐怕难免有沦为低级格调之危险,这种低格调作品当时被称为"纽盖特小说"(Newgate novel),这类作品经常会把一些罪犯加以理想化,把他们写成法外的英雄人物。但是,即使这种可能由此而来的蔑视没有笼罩着狄更斯,他也会坚持他所塑造的人物和所铺叙的他们的故事,**全都是真实的。**

《荒凉山庄》中有一个叫作斯金波(Harold Skimpole)的角色,以一种奇妙的方式说明了狄更斯的小说人物是根据事实来描写的。这个角色虽然不是小说的核心人物——有些评论家甚至认为这个角色穿插得很勉强——但是如同小说中的其他角色,对情节的发展还是有必要的。这是一条寄生虫,到处骗吃骗喝,他一天到晚声称他只为诗和音乐而活,同时鄙视金钱。他的口才很好,许多人都被他天花乱坠的言语所迷惑,以至于愿意忽略他对朋友和家人不择手段的剥削。

有些读者认为这是狄更斯小说中最"有意思"的人物之一,但是熟悉他圈子的人都很清楚,这个角色在影射一个人,这个人叫作利·亨特（Leigh Hunt）。亨特是个个性温和的诗人、自由派散文家及多产的剧作家，但他对19世纪英国文学的主要贡献还是在于编辑工作方面。他认识文学界的每一个人，他在他的杂志上提拔过不少作家，其中包括诗人济慈。他经常缺钱，因为他必须用他那微薄的编辑杂志的收入养家活口，同时还要照顾酗酒的老婆。狄更斯在《荒凉山庄》中所描写的那位邪恶的自恋狂，其实在许多方面都不像亨特，除了一样，那就是缺钱。作为一个小小的让步，他要求为《荒凉山庄》画插图的人把这个角色画成矮壮的样子；与原型完全不同，事实上亨特却是长得细瘦高挑。尽管如此，这样的伪装还是蒙骗不了狄更斯和亨特圈子里的人。

当然，狄更斯自己心里很清楚，他创造这个角色所要影射的对象正是亨特。他于1853年9月写给一位叫作华生太太（Mrs. Watson）的友人的一封亲密信函中，透露为刻画斯金波这个角色而觉得洋洋得意："我觉得这个角色刻画得惟妙惟肖，真不是语言所能形容！我很少这样做，那种相像的程度真教人惊讶，相信他本人都没可能那么像。"他说他以后再也不干这样的事情，只不过在斯金波这个角色身上，"一点都没有夸张或压抑的成分，这绝对是一位真实人物的翻版，当然我已尽力把他们的外貌描绘得不一样，其他则是栩栩如生像到了极点"。大约六个星期之后,他在写给亨特的一封信中这样说道:"每个人在写作时都会根据自己的经验下笔,我也一样,我写出了我和你之间的交往经验。"

后来不知道基于什么理由,狄更斯竟会感到良心不安,1854年的11月初,他写了一封信给亨特,跟他否认先前所说过的话,"这个角色不是你,和这个角色的特征相同的人至少有五万个以上,我没想到你会认出他。"总之,狄更斯对这位朋友的粗鲁影射,在感到歉疚之余,除了用谎言安慰他之外,别无他途。在这种情况之下,他可真是名符其实的现实主义者了,远远超乎他自己所愿意承认的。

II

然而,对狄更斯而言,现实主义并不等同于对现实世界的照本宣科。《荒凉山庄》一开始描写伦敦的一场大雾,作者借着描绘大都会生活中的难堪事实来表达某种政治观点的隐喻。"伦敦,米迦勒节开庭期(Michaelmas Term)刚过,"——这是小说的第一句话——"大法官坐在林肯法学协会大厅里……"——然后,跳过一段:"到处都是雾,河上弥漫着雾……雾笼罩着河边的码头以及这个脏乱大城市的整个被污染的河岸。"这里所呈现的两个现实层面密不可分,如果还有任何疑义,狄更斯迅速解决了:"在这场浓雾的正中间,大法官坐在他的法庭里。"

《荒凉山庄》的有心读者当不难看出,狄更斯描写雾景有其不同寻常的意义要表达。这显然是对非理性的僵化和任性的蒙昧主义提出猛烈批判,在狄更斯眼中,非理性的僵化和任性的蒙昧主义正像一场枯萎病,由大法官庭往整个伦敦的四周围蔓延开来。而且,虽然这一点在小说中并不那么明显,但是法庭可以说代表着狄更斯最喜欢刻画的反派角色之一——法律。"法律,"《雾都孤儿》一书中班布尔先生(Mr. Bumble)这样说道,"是驴,是白痴。"狄更斯在《荒凉山庄》之中则更进一步强调:法律不只是愚蠢,同时也是邪恶的。

狄更斯向来不擅于表达象征主义。伦敦屋顶上的烟囱从烧煤炭的火炉和壁炉所喷出的浓浓黑烟,交杂着浓浓的雾气,这些已足够真实。透过对这种浓烈雾气所形成的一股阴郁气氛的铺陈,作者得以进一步大幅度暴露他所要打击的恶魔。事实上,早在这之前他早已运用过这种对雾的描写手法。1850年的11月,他曾写过一篇文章,刊登在他于该年年初所创办的,一本叫作《家庭箴言》(*Household Words*)的杂志上面，他在这篇文章里以隐喻手法巧妙描写了一场大雾。"布勒太太和她的儿女们围坐在火炉旁边，这是11月里的一个黄昏，外面一团泥泞，一片昏黑，雾气蒙蒙，大雾甚至钻进了房里的客厅。"布勒太太屋里的壁炉虽然有很好的通风设备，可惜就是少了防雾的设施。这篇文章的篇名叫作《常识》(Common Sense)，意思真是再明白不过了。

小说开场的写法有好几种，作者可能一开始就直接介绍主角，我们记得《白鲸》开始时这样写道："管我叫以实玛利吧。"普鲁斯特那本曲折蜿蜒的长篇巨著这样开始："有很长一段时间，我早早就上床了。"狄更斯有时也会采用这样的技巧，"在我的这本传记中，作为主人公的到底是我呢，还是另有其人，在这些篇章中自当说个明白。"他在《大卫·科波菲尔》一书中以这样的方式介绍主角的出场。《荒凉山庄》的开场方式迥异，他并不由介绍人物开始——法庭里的大法官不能算作小说人物，他只是一个披着权威外衣的象征而已——他由介绍大的公共场景来展开他的故事：大法官庭，以及在背后衬托它的更大的背景——耻辱的城市：伦敦。作者在简单介绍环境背景之后，立即切入与人物有关的事务之核心，他认为这也是他的国家大事：权威的滥用和法律的耽搁。这是一场没完没了的官司缠讼,小说中的所有人物都围绕在这场仿佛没有止尽的,叫作"贾迪斯控贾迪斯"(Jarndyce and Jarndyce)的缠讼官司上面打转。

读者从小说一开始便立即面对了有关社会力量加诸个人身上之压力的苦涩描写。狄更斯在此部署了大与小的对比,个人命运和社会问题的互相纠缠,写来十分迅疾。这本小说读来就像是一出大型的19世纪歌剧,充塞着闪耀的明星和手持刀枪的卫士,尽管有人批评其为杂乱无章,但基本上这还是一本控制得很得当的小说。每一个角色无论大小——甚至是上文提到的斯金波——都在小说中发挥了必要的作用。而狄更斯在小说中花费许多笔墨所描写的这场大雾,戏剧化地展现了无所不在的社会力量,它深深影响着并漫无止境地奴役着故事中的人物。

贾迪斯先生是陷入这场官司的不幸家庭中的一分子,同时也是这场官司的核心人物,但部分地超脱了出来。他以好善乐施闻名,经常会伸出援手帮助陷入不幸境遇的人,在这场缠讼官中,比起其他受害者,他还算是幸运得多。他以监护人身份收养了一对年轻男女,男的叫作理查德(Richard),女的叫作婀达(Ada),这对男女不久之后还秘密结婚,不幸的是他们后来都没得到很好的下场。理查德和其他许多人一样也加入了这场诉讼官司,甚至还变得执迷不悟,他不理会任何证据,一心一意只盼能从这场官司中获取金钱上的利益。娴达对他的热烈的爱亦无法将他从这场迷梦中唤醒,他越陷越深,最后终至死于"贾迪斯控贾迪斯"这场缠讼官司中。

在这场官司之中,也有不少法庭的周边人物一起陷入这场非理性之争。我们上述的克鲁克,这位"自燃"的人物,起先看似远离贾迪斯案子的是非圈外,但当他发现手头握有对他有利的与此案件有关的文件时,也忍不住涉入了。在这些周边的边缘人物中,最可怜而值得同情的莫过于温和善良的女疯子弗莱德(Miss Flite)这位老小姐了,她从不错过法庭的任何一次开庭,并且一天到晚宣称大家随时会看到她的案件水落石出。此外尚有其他多人被法律所糟蹋,希望跟着一起破灭,在正常状况下,他们的希望是不会破灭的,但狄更斯笔下的大法官庭,和所谓的正常状况格格不入。

在这出残酷的戏剧中,如同其他案子,还是有某些参与的人能够从中牟利:律师。他们经常都是与当事人虚与委蛇,让他们怀抱空洞的希望,可是律师心里很清楚,法庭是不会满足他们的希望的——在《荒凉山庄》中,律师可以说是最为冷酷的一群。事情的状况经常是这样的:一场有关财产继承的官司经年累月打下来，结案时当事人恐怕什么都得不到，因为得到的财产必须抵付诉讼费用——全都流入了律师的口袋之中。小说中其他人物像斯纳斯比先生（Mr. Snagsby），他是一位胆小、神经质而善良的文具商，在这次诉讼中为律师源源不绝提供诉讼所需之文具，以一种更温和的方式获利。像斯纳斯比先生这样的角色，对从 1852 到 1853 年读这部小说连载的读者而言，也是令人眼花缭乱的全景图中之一员。他专门雇用人手为他的顾客抄写诉讼文件，其中有一个穷困而沉默寡言的抄写员，有一天竟莫名其妙死了，此后似乎从小说叙述中消失。这样的角色在英国社会中，可以说是属于和贾迪斯圈子不相同的另一极世界，不但默默无闻，甚至根本没有人理会他们的死活。

《荒凉山庄》故事游移于两个不同的世界之间，狄更斯并不单单只是停留于第二个世界之中。小说第一章《大法官庭》（In Chancery）之后，紧接着第二章是《上流社会》（In Fashion），我们立即跟着走进了另外一个世界。在这个世界中，首先登场的人物是德洛克爵士（Sir Leicester Dedlock），他是个男爵，年纪约莫六十开外，阶级意识很强，智力不高，且有点傲慢自大，他焦虑地看着他所热爱的旧英国怎样被一群所谓的改革者颠覆。他对他的太太，亦即德洛克夫人，可说忠心耿耿。夫人的年纪至少比他小20岁以上，仍很漂亮，且气质高雅，但另一方面又显得冷漠而不太爱说话的样子，故作姿态到有些无聊。这对夫妻不时在乡下大宅和城中房子之间来回走动，有时也会去巴黎寻找乐子，他们的身旁始终围绕着许多的亲戚和仆从，这些人不管是有钱还是收入有限，都有一个共同的特征，那就是非常的时髦。

显而易见的是，狄更斯在小说中刻意呈现两个截然不同的社会领域，是为了让它们结合为一。这篇故事的女主角埃丝特·萨默森（Esther Summerson），她可不像前述那位在读者眼中一闪而过的卑微抄写员，她支撑整本小说的大梁，联系两个不同的世界。她从小是个孤儿，和娴达及理查德一样，都是为贾迪斯先生所收养的年轻人。故事慢慢发展之后，我们会知道她是德洛克夫人婚外的私生女，而那位突然暴毙的法律抄写员正是她的生父。《荒凉山庄》这部小说一共分为67章，其中有33章的篇幅乃是由这位女孩以第一人称方式叙述，从她的观点去看故事的发展。因此，在这部曲折委婉的小说之中，她是唯一一个能够就近观察几乎所有的人物，并且从头到尾参与故事中所发生的一切的角色。她和狄更斯其他小说中的女主角不一样，她的个性很主动活泼，经常会以很得当的谦逊姿态发表许多个人意见。她经历了许多的不幸和挫折,还有疾病,最后嫁给一位叫作阿伦·伍德科特(Allan Woodcourt)的年轻医生,这是一位心肠慈善的理想主义者,他关心病人远超乎关心他自己。我们可以这样说,两个不同社会领域的互动,女主角埃丝特个人的成长及至最后寻得幸福婚姻的归宿,以及无所不在的"贾迪斯控贾迪斯"的诉讼案件,这三个不同层次的描写乃构成了《荒凉山庄》这部小说的核心所在。

有许多读者可能会觉得,埃丝特这个角色妨碍到了他们阅读这部小说的全然乐趣。这是一个纯然超乎人性的完美人物,她生性虔诚善良、谨慎、谦卑、可爱、工作勤勉、漂亮,而且还具有早熟的领悟力。她在出场自我介绍时这样说:"我总是很喜欢观察事物。"别人对她不好,她可从来不会记恨,她遇见的每一个人都会立即为其魅力所吸引:粗鲁的工人和他们受压迫的妻子、乡绅、病人、怪人、疯子,当然还有小孩。她虽然涉世未深,没什么人生经历,却很快就成为贾迪斯先生可靠而充满想象力的管家,她手上掌管着整幢大宅无数房间大大小小的钥匙,她必须料理全家大小的一切食衣住行,还有,她必须撙节开销。无怪乎她那位可敬的监护人会无视于年龄上的差距,最后竟忍不住爱上了她并对她提出结婚的要求，她在受宠若惊之余，尽管心里早已有所属，竟也答应了对方的提议。贾迪斯毕竟还算是个心胸宽宏而识大体的人，在他获悉真相之后，毫不迟疑就把她交到那位幸运的年轻医生手上，他对这位年轻对手这样说："阿伦，把她当作珍贵的礼物从我这里带走吧，她会是一个男人所能得到的最佳妻室。"他只盼望他们结婚之后能偶尔回来这幢大宅看看他，事实上他早就把这幢房子当作礼物赠予他们了，他说："我只是想偶尔分享一点你们的幸福而已，我有牺牲了什么吗？没有，完全没有。"坦白说，像这一类的描写，连狄更斯最忠实的拥护者都会读到皱眉头而坐立难安。

显而易见，狄更斯太过于一厢情愿把太多美德堆砌在一个人物上面，像这样的理想女性形象只存在于男人的幻想之中，他们从小在心中把自己的母亲塑造成像圣母那样的形象，以致长大之后竟无法克服这样的幻想。诚然，在狄更斯那个时代，毕竟还是有不少评论家颇能欣赏埃丝特的美德，狄更斯一位叫作福斯特（John Forster）的亲密好友，他可是一个不带偏见的见证人，他特别喜欢有关埃丝特前面部分的叙述："狄更斯最迷人的手笔，事实上也是全书写得最好的部分。"然而，有些维多利亚时代的其他人并不这样看这个角色，特别是那些现实的人（当时这种人比人们以为的要多很多），比如前述的批评家 G. H. 刘易斯就说，埃丝特·萨默森这个角色是狄更斯的"最大败笔"之一。另一位《旁观者》(*Spectator*)杂志上不具名的评论家，显然对狄更斯在这个角色身上的夸张描写感到很不耐烦："像这样一个女孩子，如果她在荒凉山庄必须时时做无聊琐碎的杂事，料理制作果酱这类事情，相信她就不会有闲情逸致去写出自己的回忆录，让读者对其种种美德感到厌烦。"另有一篇刊登于《本特里杂志》(*Bentley's Miscellany*)的评论，认为不只埃丝特，连贾迪斯先生也一样，都刻画得很不真实，特别是贾迪斯先生把她移交给年轻医生这件事最令人觉得反感："我们真不知道要惊叹他把她移交给别人，还是惊叹她被人移交给别人，看来就像是一件商品的交易一样。"

近时有不少批评家也都认为埃丝特这个角色"很假正经"，简直是"无聊乏味"。的确，连狄更斯最热情的崇拜者有时都免不了会感觉到，狄更斯最擅长的经常会打动人心的描写——比如不太可信的无私行为，扣人心弦的死亡场面，还有慈善家的宽宏大量——都难免会沦为陈腔滥调。事实是，从19世纪中叶到20世纪，由于时代不同，人们对埃丝特这个角色的情感反应必然会跟着有所不同。在狄更斯作品中，有些场景在现代读者看来会显得滑稽好笑，在他那个时代的人读来却很动人心弦。比如像《荒凉山庄》中乔死去那个场景,那个时代的读者都读到动容不已并深感意犹未尽。王尔德有一则讽刺妙语这样写道:读狄更斯的《老古玩店》(*The Old Curiosity Shop*)一书中小耐儿死去那个场景而不发笑,恐怕会是个铁石心肠的人。这不仅展现了一种反讽的机智,而且也说明了后维多利亚时代出现了一种较趋于嘲弄风格的新感性。《布登勃洛克一家》中的人物就绝不感伤滥情,而《包法利夫人》中出现了一位感伤滥情的角色,最后她也为此付出了惨痛代价。

III

我们应该知道,以埃丝特·萨默森这样一个完美无缺的人物为小说中的主要角色,在狄更斯的作品中并非是唯一的例子。《荒凉山庄》之前的《大卫·科波菲尔》一书中的女主角艾妮丝·威克菲尔(Agnes Wickfield)便是一个这样的角色,艾妮丝这个角色和埃丝特真可说是异曲同工,算得上是一对亲姊妹了。一般读者都认为《大卫·科波菲尔》是狄更斯最好的一部小说,狄更斯自己也这样认为,他称这部小说是他"最喜爱的小孩"。这是一部英语世界的"成长小说"

(Bildungsroman),尤其是小说的前半部,简直就是作者自己年轻时代的自传写照。整部小说详细记载了一个奋发向上的作家,从出生到三十几岁之间的教育学习过程,男主角最后寻得了幸福的婚姻并成为一个快乐的父亲——狄更斯很喜欢让他小说中的男女主角最后以幸福婚姻终场,虽然(或者说因为)他自己的婚姻并不美满。艾妮丝是小说中主角科波菲尔的第二任妻子,科波菲尔第一次短暂婚姻中的妻子朵拉(Dora)是个吸引人的、充满少女情怀的姑娘,不幸病故之后,主角转而在他的青梅竹马艾妮丝身上寻到了人生的幸福,这看来像是命中注定一样。这中间是一个漫长的过程,科波菲尔在坎坷人生中绕了一个大圈子,经过不断自我教育和学习过程,最后才终于在艾妮丝身上体认到她的美德和优点并与之结为连理。

遗憾的是,狄更斯的广大读者并不欣赏艾妮丝天使般的特质,甚至还非常反感。许多评论家批评狄更斯只是一厢情愿创造了一个空洞的符号而已,好像一个缺乏个性的维多利亚时代洋娃娃,甚至有人说艾妮丝这个角色"令人嫌恶"。一向最支持狄更斯的约翰·福斯特在他所写的狄更斯传记中,也坦承他比较喜欢朵拉,这位"可爱的,像小孩一般的妻子",而不喜欢艾妮丝,因为她"太有智慧,太自我牺牲,好到无法挑剔"。到了20世纪，乔治·奥威尔在一篇谈论狄更斯的精彩文章中就不客气地批评了这种类型的女性角色，他说："艾妮丝是狄更斯所有小说女主角中最令人讨厌的一个，是维多利亚时代罗曼司所塑造的空洞天使中最典型的代表。"有这么多无情的批评，难道塑造这样的角色真的一无可取吗？

这些批评并不是没有道理，诚然，小说中的科波菲尔正是把艾妮丝称为天使，狄更斯向来喜欢用好听的字眼来称呼他的主角，这种情况我们屡见不鲜：他不擅于创造暧昧不明的复杂角色，他的角色不是过于简单化就是太夸张，多少带有漫画色彩。他笔下的坏人都是非常坏的那种，不仅行为坏，连长相都会很丑陋，这会让读者读到咬牙切齿而想把他们碎尸万段的地步。当他要描写他所讨厌的那种人类类型时——譬如气量狭小的神棍、矫揉做作的伪君子或是有虐待狂倾向的权威——他会用讽刺笔调将之刻画成近乎丑角的样子。像亨利·詹姆斯那么细腻的作家，自然就不会欣赏狄更斯那种大而化之的风格，在他看来，狄更斯称得上是"最伟大的肤浅小说家"。《荒凉山庄》中的德洛克爵士恐怕会是少有的突出例外：当他的太太因为不可告人的过往即将被揭发而出走时，这位保守反动且头脑单纯的贵族，这时候展现了一个男人该有的优雅风度。甚至在太太离去之后，他一点也不怪罪她,只衷心期盼——我们知道这不可能——有一天她会再度回到他身旁。大致而言,狄更斯的角色只有天使和魔鬼两种,或者更确切地说,只有完全的好人和完全的坏人。

然而,对于狄更斯的通俗剧倾向,我倒要为《大卫·科波菲尔》中的艾妮丝说几句话,共有两点:其一,心理学方面;其二,文化方面。艾妮丝的母亲由于生她而难产致死,她从小和父亲相依为命,她的父亲是位个性迷人但意志薄弱的律师,因为忧伤而不断酗酒,父女两人始终无法挣脱这样的牢笼,女儿必须每天生活在父亲忧郁的情绪底下,生活在父亲的指责中,即使它听起来不是责备,只是哀伤。有许多小孩子经常会为家庭的不和谐而暗自觉得愧疚,他们会因父母的争吵而萌生某种罪恶感。这在艾妮丝而言情况可能更为严重,因为她的母亲正是因为生她而死,她觉得是她杀死了母亲。

她的父亲有一个名叫希普(Uriah Heep)的书记员,这是一个权力欲很重且喜欢逢迎拍马的令人讨厌的年轻人,在狄更斯笔下显然并不是什么好人。当父亲跟她提议要让这个家伙入伙加入他的法律事务所时,她向她的"兄弟"大卫私下透露,她希望父亲这么做,即使对方是个令人讨厌的人,为什么呢?因为如此一来她将"更有机会"好好"陪伴"父亲。她说着开始哭了起来——这是她生平第一次情绪失控:"我一直觉得自己是爸爸的敌人,而不是他心爱的小孩。因为我知道他为了我而改变许多,他减缩他的业务范围,只为了能够把全副心力放在我身上,为了我的缘故,他牺牲了许多,可叹我竟成了他生命中的阴影,大大削弱了他的精神和精力,但愿能够改变这一切!因为我已经不知不觉地成为他衰老的原因了!"这番话说得既激烈又无奈,却是十分的中肯。事实上,她的父亲借口把全副心力投注在他唯一的小孩身上,兀自过起自怜自艾的生活,只不过要女儿相信,这一切牺牲都是为了她缘故。他后来甚至直接说了,她是他"过堕落生活的根源",继而暗示,她有义务扭转这一切——这简直就像是西西弗斯的工作,白费力气。与这种尖锐的关心相比,被完全忽视对她的伤害还小一点。总之,她简直是无懈可击的好,因为她害怕自己成为不可饶恕的坏。

我要为艾妮丝辩护的另一个层面是属于文化的。我们不应忽略的是,狄更斯从未也并没打算在作品中揭露维多利亚时代受人尊敬的女性对性爱的态度是怎么回事。她们绝不是传统上被指责的那种无性的动物。诚然,那个时代大家都装出一副假正经的样子,对情欲的乐趣和风险采取尴尬的回避态度。但事实上在中产阶级世界里头倒是不乏耽溺于爱欲享乐之辈，只是大家心照不宣而已。有不少中产阶级年轻妇女以极大热诚走入婚姻世界，并且认真学习去配合她们的丈夫在性事上的要求，而真正享受到了鱼水之欢，才知道这回事和她们少女时代的朦胧想象竟那么不同。有许多流传的关于那个时代的闺房笑话，比如受挫的丈夫和不解风情的妻子，正印证着上述的说法。但这并没有记录下资产阶级文化在性方面长期萎靡不振的状态。由于狄更斯在他的小说中绝口不谈性事活动，读者会以为他小说中的男女乃是透过单性生殖或膈膜渗透的方式在制造小孩。但这种幽默既廉价又具有欺骗性；它将公众的沉默与焦虑和内疚感等同起来。维多利亚时代的中产阶级对保护隐私这件事情可说无所不用其极，他们绝口不谈床笫间的男女私事。但是，如果认为维多利亚时代的资产阶级夫妇没有自由地实践，或者说没有极大地享受他们没有谈论的东西，那是对现存证据的严重误读。

这正好是发生在埃丝特·萨默森身上的实际情况，我在前面曾称她为《大卫·科波菲尔》里艾妮丝的姊妹，她们甚至算是一对孪生姊妹。埃丝特和艾妮丝一样，都由于童年经验而心中充满罪恶感，她称把她从小养大的监护人为"教母"，事实上这位"教母"正是她母亲的妹妹，是一位宗教信仰很虔诚的女人，周日要上三次教堂，每个礼拜有两个早上要做晨祷——而且非常地悲观忧郁。"这是一个非常非常好的女人！"埃丝特这样说道，"她很漂亮，要是笑起来一定像个天使（我经常这么想）——可惜她从来不笑。她向来都很严肃，不苟言笑，可是她实在心肠很好，好像她一辈子都因为别人做的坏事而郁郁不乐。"

不幸的是，让她始终快乐不起来的"别人"，竟包括了她的被监护人埃丝特。有一次埃丝特过生日时，这位虔诚教母如此说道："小埃丝特，你要是不要有生日多好，不要出生是最好了！"埃丝特一听她这样说，忍不住哭了起来，就跪到她跟前，要她的教母告诉她一些有关她母亲的事情，"到底我对她做了什么吗？"她用一种稚气的声调问道，好像她曾犯了什么大罪过一样。教母起先绷着脸，隔了一会儿严肃地说："埃丝特，你的母亲是你的耻辱，你呢，也是她的耻辱。"她要求面前这位"从第一个不吉祥的生日起就是孤儿"的"不幸的女孩"，最好把母亲忘掉才是。末了，觉得好像说得还不够，又补充说道："像你这样从小就蒙在一层阴影之中长大，要面对未来的人生，最好的准备工作是服从、克己以及勤勉工作。你和别的小孩不一样，埃丝特，因为你的出生所带来的罪孽和愤怒比他们可要重得多，你不能和他们相提并论。"这看来真不像是一篇生日的祝贺词。

埃丝特哭着回到自己的房间，然后对着她的洋娃娃哭诉刚才所发生的一切，这个洋娃娃一直是她吐露心中秘密的唯一对象，她最后说："我会尽我所能去弥补由于我的出生所带来的罪过（我为此深感愧疚，但我是无辜的），长大后我会努力去成为一个勤勉、知足、心地善良的女人，对别人有所助益，如果可能的话，也希望能够赢得一点爱。"她的确和艾妮丝一样，一直努力要去弥补自己的过错，虽然她实际上并未犯过什么错。这部小说发展到最后，埃丝特好像对她最亲密的好朋友婀达进行了一场甜蜜的报复，只是她自己不可能意识到。当时的婀达早已成为寡妇，而她自己过着幸福的婚姻生活也有七年之久，她有两个女儿，婀达有一个儿子，取名为理查德，以纪念她英年早逝的丈夫。

我们无法确定狄更斯是否知道他在这方面所显示的心理学层次的意义，如果不知道，那么他对埃丝特（以及艾妮丝）内在深层动机的刻画就会显得很不可思议。埃丝特就像个年轻的罪犯，背负着耻辱和懊悔的双重负面情感长大成人，她后来会惊讶于有人竟会喜欢她甚至爱她。这大大超乎了她那个阶层年轻妇女在道德层次上正常的羞报范围。她在很大程度上将世界对她的看法内化了——多少年来，她的"教母"

就是她的全部世界——哪怕这个世界如此糟糕地对待她,她也不会发出什么怨言。

就这一点来看,虽说有点令人反感,却足可说明她起先为什么会接受她的监护人贾迪斯先生的求婚,即使那个时候她心里所属意的是另一个人,而事实是,贾迪斯虽曾有恩于她,在年龄上却是她足足三倍左右,可见她早年的生活对她后来的影响是根深蒂固的。就这方面的情况而言,她很像《大卫·科波菲尔》里的艾妮丝,艾妮丝甚至更执着,心中永远深藏着最甜蜜的愿望:嫁给男主人公大卫·科波菲尔。直到最后大卫正式向她求婚时,她才坦承她爱他已经有整整一辈子之久了。狄更斯这些小说早在杂志上连载时,有关人物的刻画方式即已招来许多的责难声音,对比较世故的读者而言,他小说中对人物那种毫无缺点之美德的一厢情愿描写,委实教人感觉不太愉快,太不真实,大大违背了人性的真正本质。他那个时代的读者大都更喜欢萨克雷《名利场》中的蓓基·夏泼(Becky Sharp)一角,而不喜欢《荒凉山庄》中完美无瑕的埃丝特。诚然,即使是狄更斯,这位最注重体面的作家,有时也能突破普通模式的限制。维多利亚时代的社会习惯几乎规定,男人要主动向女人求婚。但是,狄更斯在《董贝父子》(*Dombey and Son*)一书中就描写过弗洛伦斯向沃尔特求婚的情节，这对狄更斯而言毕竟还是少有的时刻，而这在艾妮丝或埃丝特看来，会是极不可思议的事情。

IV

狄更斯会那么热衷于把他的女主角理想化，这中间不免涉及到一些个人的理由。这个理由的线索直接指向他和女人存在问题的关系上面，首先是他的母亲。自从亚当被夏娃引诱去犯罪堕落以来，与女性的关系有问题一直是男人的共同经历。但狄更斯在这方面所显露的始终无由解决的冲突情感，却值得特别注意，他把这样的情感转化在他对小说中女性角色的完美理想化上面。

历来狄更斯的传记作者或多或少都用心理学去探索狄更斯的内在生活，关于这点，无疑我们必须从他对母亲的情感开始。他的母亲伊丽莎白（Elizabeth Dickens）是个面貌姣好而个性温和的女人，样子看起来比实际年龄还要年轻。她很会观察周遭事物，而且相当擅于操持家务，事实上，在许多方面她比她那位没责任心的丈夫要出色得多。她教导她最大的儿子，也就是狄更斯，读书识字，激发他的想象力之发挥。从许多留存下来的资料看来——个人书信和当时接近狄更斯家庭的亲密友人的说法——这位后来成名的儿子在大多数情况下都以深情、略带居高临下的尊重对待她。

然而，小时候一次难堪的意外事件却影响到了他对母亲的这股深厚感情。狄更斯的父亲约翰·狄更斯（John Dickens）是个快活而没责任心的男人——狄更斯在《大卫·科波菲尔》中所刻画的米考伯先生（Mr. Micawber）一角正是对他父亲的精彩写照——他无力负担日渐恶化的家计并负债累累，家中已经找不出什么东西可以典当，最后只得琅珰入狱去吃牢饭。狄更斯当时12岁，为了贴补家计，父母毫不犹豫地把他送去一家黑乌乌的工厂做贴标签的工作。他父母的这种做法，无视于他心中的想法，不但粉碎了他对未来所怀抱的远大期望，更是大大伤害到了他身心的感受。但更糟的还在后头，狄更斯于19世纪40年代中期曾写过一篇类似自传的东西，死后收在约翰·福斯特为他所写的传记里头，他叙述说，在他入工厂工作了几个月之后，父亲要他停止工作，想送他去学校读书，这时候他母亲竟提出反对意见。这篇东西记述了他的愤怒和失望，在四分之一世纪之后仍然无法平息："事后我从未忘记，我不会忘记，也绝不可能忘记，我的母亲竟会那么热烈期盼我回去工厂做工。"

许多研究狄更斯的学者都紧紧抓住这句话，并借此说明他为什么那么喜欢在作品中以讽刺笔调描写令人讨厌的母亲角色。其中最有名的是《尼古拉斯·尼克尔贝》(*Nicholas Nickleby*)一书中的尼克尔贝太太这个母亲角色：势利、自负、天真，喜欢出馊主意并为此洋洋得意。我们实在不敢说这种臆测是否正确，因为狄更斯很少表明他的小说人物是否从现实世界中取材。但是，把这个想象中的人物和其他类似的例子单独挑出来，而忽略了他的埃丝特和艾妮丝更深层次的情感来源，就是忽略了一个男孩对他母亲的态度的复杂性。因为，狄更斯的矛盾情结毋宁是相当强烈的，远超乎一般人的想象，他会那么热烈渴望透过对年轻貌美而又个性完美的女性角色之创造，唤起他对理想母亲的向往，想必是可以理解的。他会透过种种方法来记忆自己的母亲，好比《大卫·科波菲尔》里的主角大卫对母亲的记忆：年轻、美丽、活泼、可爱，而且，能够完全由他自己个人所拥有（因为他的父亲在他未出生前即已过世，这真好）。

狄更斯对他小姨子玛丽·霍加斯（Mary Hogarth）奇特而持续的爱，无疑更能说明他在生命中创造理想女性的需求。玛丽是狄更斯的妻子凯瑟琳·霍加斯（Catherine Hogarth）的妹妹，她有很长一段时间和他们住在一起，是一个很迷人的年轻女孩：漂亮、充满活力、热爱生活，同时又很聪明，她和这位名气日益响亮的文学明星姊夫相处得很融洽，不过完全没有爱上他。"她完全没有缺点。"狄更斯后来回顾往事时这样写道，她那时才17岁，有一天竟在完全没有生病的征兆下突然死去，死在他的怀里。他全然崩溃了，以至于无法写作，他当时正在写《匹克威克外传》（*Pickwick Papers*）这部小说的连载，只得暂时停止。他保留了所有能让他想起她的纪念品，甚至想被埋在她的坟墓里。有几个月的时间，他每夜都梦见她，甚至往后几十年之间都还会梦到她。玛丽死后第七年，他无意间碰到了一个和她长得很像的女孩，竟对这个女孩产生了极强烈的爱意。他从未停止对玛丽的怀念，他对她的哀悼之情是没有止尽的。这样的耽溺情感无法实现，这是他无法放弃的世俗偶像崇拜的一部分。因此，无休止的哀悼产生了忧郁症，这是狄更斯的常见情绪之一。《大卫·科波菲尔》里的艾妮丝是他想重新再现这位女孩的第一个尝试，第二个尝试则是《荒凉山庄》里的埃丝特。

因此，狄更斯在塑造《荒凉山庄》一书的主角时，可以说乃是把自己深刻的情感和想象紧紧结合在一起。此外，这部小说在对当时英国的司法制度提出抨击时，作者是否也尝试了某种个人经验的抒发？我知道有些文学评论家会认为这样的问题并不得当,因为这和文学无关。但我认为这个问题仍然值得研究,毕竟狄更斯在此提出了反对某个政府机构的强烈政治观点;事实上,如我所说,他是反对所有政府。1844年,狄更斯经历了一次法院的官司诉讼,这次诉讼让他感到既挫折又愤怒。该年1月,他控告一家厚颜无耻的出版商大胆剽窃他的《圣诞颂歌》(Christmas Carol)一书,并得到了法庭的支持。"这些海盗被修理得很惨,"1月18日他高兴地这样写道,"他们鼻青脸肿,遍体鳞伤,倒地不起,整个完蛋了。"这家出版商不久宣告破产倒闭,这个官司因而把他卷入更加棘手的法律纠纷。5月里,他以一种嫌恶的口气正式宣告完全放弃这次法律行动。他感到无可奈何并哀叹无谓浪费了许多时间和精神,还有700英镑的诉讼费。

1846年的年底,又发生了一起出版商剽窃他作品的事件,但这次他决定不采取任何行动。"宁可吃个大亏,"他在一封写给约翰·福斯特的公开信中这样说道,"也比吃法律的更大的亏好些。我永远忘不了上次《圣诞颂歌》事件所带来的焦虑,花那么多钱,最后竟然得到如此不公的下场,我当时只不过要求属于我个人该有的权利而已,结果是,我变得好像是个强盗,而不是被抢的人。"他承认自己"有这种偏颇的敏感性,在此情况下,法律的恶劣和粗暴实在已经教人恼怒到忍无可忍的地步"。狄更斯在此无疑对当时的英国法律发出了有力而全面的控诉,在他眼中看来,英国法律恶劣的程度较之其所惩罚的犯罪,实在是有过之而无不及。

狄更斯不愿意将自己暴露在刺激和无能之下的做法似乎很容易理解,然而,他对这些侵犯知识产权之行为的反应毕竟也太过于脆弱,并不足以支撑一部长篇小说的篇幅。而且,我们也看得出来,他实在有一种病态的敏感,适巧他又是一个充满文学想象力的作家,这让他获得了公众的喜爱,通过表达真正的不满,他将其发展为一项事业。他充分利用了自己不愉快的经历,在《荒凉山庄》之中栩栩如生地展现出来——当然,在描写这样的伤害时免不了也包含了想象的成分。整体看来,这部小说是对仇恨精心培养的结果。

V

事实上,狄更斯对这种从中世纪时代遗留下来的大法官庭制度的描写,在这部小说中只不过是他对当时社会现象诸多控诉中的一端而已。在《荒凉山庄》中,他透过描写乔这个角色——一个可怜的烟囱清洁工——把我们带进伦敦的贫民窟,在那里体尝一下悲惨生活的真实面貌。乔在无意中把自己身上的疾病传染给埃丝特——可能是天花——就像伦敦的大雾，代表着某种真实又带有象征意义。乔所居住的贫民窟叫作"托姆独院"（Tom-all-Alone's），这个隐藏于大都会中像瘟疫一般的地区，对一个看似相当体面的社会和对从未涉足那里或从不知其存在的人而言，依然免不了受到它的恐怖的传染。"在他住的地方，"狄更斯带着某种"幸灾乐祸"的笔调写道，"托姆身上的每滴黏液、身边的每平方英寸臭气、周围的每种下流堕落的现象以及他所做的每个愚昧的、邪恶的和残暴的行为，都能够从社会的最下层一直惩罚到社会上最高傲、最显赫的人士。真的，托姆用玷污、霸占和腐蚀的手段达到了报复的目的。"狄更斯在此使用"报复"（revenge）这样的字眼很值得注意，这是一个愤怒的人使用的言词。

当代评论家都很清楚，狄更斯借着创造乔这个角色而说出了许多对社会不满的话。有一位评论家这么说："作者从未创造过像可怜的乔那么值得怜悯同情，同时又是那么完整的角色。乔濒临死亡的那个场景，写得多么有力量，充满道德的批判和激烈的抗议，狄更斯先生从未在他的其他作品中写过比这个更为精彩的。"这已经不单是描述，甚至已经是一种愤慨的诊断了。狄更斯笔下的"托姆独院"几乎有意地将允许这种苦难的社会扯平，用细菌而不是暴乱。

在当时的英国有太多像乔这样的人，也有太多像"托姆独院"这样的地方，以至于狄更斯寝食难安。他在政治上发展出一套愤怒的人道主义，越来越弥漫在他的作品之中。他在写作这本小说之前的几年，即1849年，曾经写过三篇文章讨论"图丁婴儿农场"（Tooting baby farm）的问题。狄更斯在此展现了一个正处于愤怒和蔑视之巅峰的社会批评家的样子。那一年流行霍乱，图丁婴儿农场有150个孩童死于非命，显然是由于该婴儿农场的负责人罔顾人道所致。这个地方向来就因为超收儿童而过于拥挤，在通风不良、臭气冲天的小房间里四个小孩挤一张床，这些小孩多半营养不良，他们经常吃些腐烂的马铃薯，穿着破烂肮脏的衣服，稍有怨言便被打骂。当局早在霍乱爆发两周前即已发出警告，但婴儿农场完全不加理会，医疗设施一概付之阙如。"孩子们处于半挨饿状态，"狄更斯写道，"而且处于半窒息状态。"负责人当时虽然被起诉和判决，可是后来却又由于罪证不足，无法证明他的所做所为是导致小孩死亡的确凿证据，最后还是能够免于刑责而被公然开释。

这次的丑闻及其结果，不啻为狄更斯提供了一个大肆发挥尖酸反讽的广大空间。"世界上管理婴儿农场的人中，德鲁埃先生（Mr. Drouet）可以算是最大公无私和热诚的人，简直无可指摘。"大家以为他在经营一个乐园！"他所照顾的小孩全都在他无微不至的呵护下宁静而富足地生活着，这位德鲁埃先生，婴儿农场的负责人，他心安理得地沉睡，但一只眼睛永远睁着，注视着他散播的祝福，注视着在他慈父般照料下的快乐婴儿。"狄更斯还特别提到，由于这个案子在当时很引人瞩目，婴儿农场不久就都被迫关门大吉，但他对德鲁埃先生的义愤并未减轻。狄更斯另一方面对当局展开最尖酸刻毒的责难，因为当局从头至尾坐视这场灾难发生，然后在灾难既成事实之后又刻意加以淡化：地方的法医并未彻底认真执行验尸工作，贫民救济委员会亦未善尽监督之责，而审案的法官更是厚颜无耻地威吓证人，并且不断寻找机会以不正经的玩笑取悦出席听证的群众。

狄更斯在《荒凉山庄》中所展现的热烈讽刺笔调会让当事人感到不舒服，想来这应该是很自然的事情。他揭露了许多具争议性的政治问题，固然有人会为之大声喝彩叫好，但因此而感到不安的也一样大有人在。许多狄更斯的热烈拥护者会特别喜爱幽默风趣的狄更斯，还有不带政治色彩的悲天悯人的狄更斯，大家期待他能够再现早期作品的成就，像《匹克威克外传》，这正好是他的成名作，还有像《大卫·科波菲尔》,这部小说使他成为全英国最受欢迎的小说家。在这些早期作品中,狄更斯对社会的批评还算相对节制,现在他却要全面地对英国社会的弊病大肆挞伐,这一来终于惹恼了官方当局,他们不得不对他展开反击。

当时的首席大法官丹曼男爵(Lord Denman)向来是狄更斯的忠实读者,两人同时也算是熟识,他是对狄更斯展开反击的地位最高的人物。在一次公开晚宴的场合里,刚好狄更斯也在场,他就抱怨说,如果法庭审理案件会出现拖延现象,那是因为国家吝于为法庭提供足够的法官之缘故。狄更斯则认为这种辩解纯粹是无稽之谈,而且说了出来。狄更斯透过对埃丝特的教母的刻画,大大嘲弄了新教福音派,他笔下的这位教母不但毫无幽默感,同时还会对一个无助的小女孩施展莫名其妙的恶意,这样的刻画方式也引来许多人的不满。另外他们也强烈反对狄更斯对恰德班德先生(Mr. Chadband)这个角色的恶劣描写,他把他描写成一个贪吃的教堂牧师,他喜欢在礼拜时不停发表陈腔滥调并为此而洋洋得意,他最渴望的事情就是能够吃一顿免费的午餐。律师也是狄更斯爱攻击的目标,他小说中的律师角色经常都是粗俗不堪,而且也都是伪善的剥削者,他们能言善道,却大都是油腔滑调。在《荒凉山庄》中,霍尔斯先生(Mr. Vholes)

是理查德的律师，他却把他的顾客一步一步带向毁灭的道路，他不停提到他的父亲和他的三个女儿，并不断强调他对他们的责任多么重大，最后他为他的辩护下了这样的结论："我们都是偏见的受害者。"

最后，狄更斯对书中舍近求远的慈善家杰利比太太（Mrs. Jellyby）做了不少调侃，这激起了哲学家约翰·穆勒（John Stuart Mill）的愤怒，因为穆勒认为狄更斯恶意歪曲了一位有独立心灵的人道主义女性，穆勒在一封写给妻子的信中这样说道："狄更斯这家伙，我前几天在伦敦的图书馆偶然看到他新近出版的一本小说，书名叫作《荒凉山庄》，我由于好奇就把这部小说借回家看——这部小说是他作品中最差的一部，也是我唯一不喜欢的一部——他用粗俗笔调大肆嘲笑了女人的权利，的确是写得非常地粗鄙——那种风格就像一般男人在鄙夷'有学问的女人'那样，说这种女人一定会忽略小孩和家务等等。"当然，穆勒绝不是用这样的方式去看待这类活泼独立且大公无私的女权主义者，也不是历史对她们的看法。

狄更斯笔下的杰利比太太个性活泼愉悦，却在漫不经心的状况下毁了她的丈夫，她可以为遥远的非洲部落的事情而付出全副心力，却恶劣地无视于自己小孩的存在。穆勒在对这个人物的看法上是少数派。杰利比太太总是会用沾有墨水的手指头去抚摸她所爱的那些人,并且用仁慈的微笑面对所谓的亲人却又漠不关心,大部分的评论家都会认同这是一个令人愉快的形象。然而,狄更斯在《荒凉山庄》中有意冒犯尽可能多的人,他讽刺的触角无所不在。他的批评者贬低他万箭齐发的笔锋是误导和自我放纵,但他没有这种顾虑。他自认为是拨乱反正,因此自己的声音需要被听到。

至少,这是狄更斯对自己的看法。1850年3月,他特别为自己新发行的杂志《家庭箴言》创刊号写了一篇告读者的文章。即使从杂志的名称都可以感受到这会是一本平易近人的刊物。"我们渴望生活在家庭温情的怀抱中,我们也希望进入读者们的家庭观念。"他进一步强调写道,"我们的编辑希望能在这纷乱扰攘的世界之中,把许多社会奇迹的知识,好的和坏的,带入无数的家庭。"如此一来,不论是作家或读者,都会对人类的坚持、宽容、进步产生热切的信心,然后,"为能够生活在此一新时代的夏日黎明心怀感激"。狄更斯本着他惯有的思维,继续写道:"因此,任何功利精神,阴郁现实中的铁石心肠,都不会和我们这杂志攀上任何关系。不论老少或贫富,我们都会小心珍惜人类心中固有的想象之光。"

这读起来像是一篇维多利亚时代温和自由主义者可以赞同的政治纲领的告白。这本杂志绝不以颠覆性思想或教条式宣言来惊吓读者。"哦,天堂,一个没有主义的世界。"1844年狄更斯在写给友人的一封信中曾这么说过。《家庭箴言》绝不宣扬拉平阶级,也不标榜功利主义的精神,在狄更斯看来,功利主义太过于物质,也太过于算计效益,他没有兴趣,因为这种思想容不下想象的发挥余地。每当涉及当时英格兰的状况(Condition-of-England)问题时,他都会和卡莱尔(Thomas Carlyle)站在同一阵线上,卡莱尔是这一问题首屈一指的专家,他后来还把《艰难时世》这部小说题献给这位好友。当然,狄更斯并没有遵守他在告读者文章中所许下的诺言,因为这本杂志不久就不断出现严厉的语调,只不过实在有太多的邪恶不能不去揭发,现实所逼,不得不然。

白芝浩(Walter Bagehot)是当时一位著名的经济学家、散文家和编辑,同时也是一位有分量的政治思想家,他把狄更斯的意识形态称为"感性的激进主义"(sentimental radicalism)。没错,狄更斯有些多愁善感,但绝不激进。他的心灵大多数时候适得其所——在这个陈旧公式奏效时,他的政治观点主要是把不满提高到一个更普遍的水平。他的这些意见主要来自无耻行为的刺激，并由高度培养的同情心所滋养。他介入巨大的公共争议，并把它们变成了自己的。这说明了为什么他更适合做一个小说家，而不是哲学家。

如果说有什么震撼人心的事件会促发他决定该支持哪一方，这可能会是个太过于简单的说法，但震撼人心的事件会点燃他的怒火，则是千真万确的事实。目睹绞刑的执行会促使他反对死刑——但到了晚年他却收回反对死刑的主张，唯条件必须是执行绞刑时不应有旁人围观。大法官庭让他吃过大亏，所以他始终对这个体制非常反感。同时，他对那些阻碍他施展同情的障碍，或是那些令他憎恶的机构，那些被他诋毁为不断发出狂妄激烈主张且不停滔滔自我辩解的机关团体，则是毫不容情加以严厉批判。"和平协会或禁酒团体的那些人，"1851年夏天，他写给一位友人的信中这样说道，"近来接连不断干了许多蠢事。"因此，他们不愿意附和那些关于狱囚的"进步措施"。在《大卫·科波菲尔》里头，他就毫不留情挪揄了那些被"关照备至"的囚犯，这些囚犯显然都被舒适的生活条件和可口的美食惯坏了。要是他能多了解一些监狱生活的实际状况，可能就会支持那些他所挪揄嘲弄的狱政改革了。

但是，谁会去做狄更斯所赞同的改革呢？他的小说作品证实了他心里的想法，他认为要有效治疗社会的弊病，似乎只有依赖那些生来即具有道德节操的男女之个人行动，而这些人物恰好正是他最一厢情愿而令人无法苟同的创造。事实上，他所创造的一些人道主义人物，比如《尼古拉斯·尼克尔贝》里头的奇里伯兄弟（Cheeryble brothers），他们的善良微笑连同他们的名字都教人无法消受。《荒凉山庄》中的贾迪斯先生有时也会如此，他那种极端的宽宏大量和大公无私的胸怀，坚持行善不求回报，固然是令人钦佩尊敬，但同时也令人难以置信。

不容否认的是，狄更斯在他的小说中也刻画了一些颇能从生活经验中吸取教训的人物，他们会在故事进展中不断成长，变得更好更成熟。一成不变的是，促使他们变得更好的都是爱和纯洁的情感，它们戳破了自私和愤世嫉俗的面具。在《董贝父子》里，董贝先生最后超越了对女儿的冷漠和非理性的憎恨，成为一位有爱心的父亲和祖父。在《我们共同的朋友》（*Our Mutual Friend*）里，可爱的贝拉小姐起先傲慢自大，一心一意想嫁有钱人，最后心甘情愿爱上了一个值得她爱的男人。大卫·科波菲尔则教育了自己的内心。

《荒凉山庄》中也有此类人物。文具商的妻子斯纳斯比太太，是个嫉妒心很强的女人，经常怀疑丈夫对她不忠，几至偏执的地步，后来经过布克特警官（Inspector Bucket）的开导（这个角色是狄更斯读者在这部小说中最能一致认同的人物），才终于放弃了她那无理取闹的行为。另一位角色德洛克先生，我们已经注意到，他在小说发展过程中展现了一些颇能让人认同的德性。但大致而言，《荒凉山庄》中具有优良德性的人物，他们的德性经常都是好得令人难以置信。比如后来娶到那位完美女性的伍德科特医生，他实在是每一位病人心目中的理想医生典范：随时待命应诊，不分昼夜探访病人，完全不计较酬劳。总之，配得上女主角埃丝特，而埃丝特也好得有资格能够和他互相匹配。

虽然狄更斯对这些人物的可疑刻画让他们看来简直就像是一批超人，但他们是作者策略性企图的核心。他塑造的伍德科特医生和贾迪斯先生这两位人物，正是企图用来对抗英国体制的邪恶、可笑和冷酷。用"效率低下"这个词来批评这些机构的缺点都太过温和，它们向来抗拒变革，以致无法适应新时代的要求，亦无应变紧急状况之能力，他们只会徒然糟蹋它们所触碰到的一切。在《小杜丽》（*Little Dorrit*）这部小说中，狄更斯创造了一个很有趣的机构，叫作"拖拖拉拉部"（Circumlocution Office），这个政府机构的座右铭是：如何不了了之（HOW NOT TO DO IT）。这个机构里头有一位职员名叫泰特·巴纳克尔（Tite Barnacle）（这个名字取得真好，因为 Barnacle 这个字的意思就是藤壶），个性极端和善，看来绝没有明显的邪恶倾向。但是像他这类和善亲切的官僚为一个内部邪恶的政府机构工作，只可能让它愈发懒惰和腐败。

这算得上是严厉的控诉。当时有一位名叫史蒂芬（James Fitzjames Stephen）的历史学家，他同时也是法学家和法官，属于知性的保守派，主张温和的政治改革。他当时写了一篇有关《小杜丽》的评论，他认为狄更斯所想象的"拖拖拉拉部"这种机构是为了证明"英国宪法、我们引以为傲的自由、议会政治以及我们所拥有的一切，给我们带来的是这个地球上最糟的政府——就像磨坊里磨不出谷物，机器运转却抽不出水"。史蒂芬认为这种态度是狄更斯三部"政治小说"——《荒凉山庄》《小杜丽》和《艰难时世》——的核心。狄更斯的论调令他感到讶异，因为与事实不符，他的"拖拖拉拉部"这种隐喻性说法用在英国政府身上，实在是荒诞不经。

他有他的理由。1815 年，狄更斯开始在杂志上连载《荒凉山庄》的前一年，即使类似小说中所描写的"贾迪斯控贾迪斯"这类案件仍有在审理的，但事实上大法官庭已在进行第一次重要改革。这是一次勇敢的重组努力，而狄更斯在小说中没有给予任何篇幅。1854年，就在狄更斯开始写《小杜丽》之前，著名的"诺思科特—特里维廉报告"（Northcote-Trevelyan Report）已经提议英国公务人员任用办法的革新，包括以考试方式擢选公职人员的激进建议。过去几百年来，英国公职人员的任用和擢升都是依靠私人关系在运作。几年前，当过两任首相和年轻的维多利亚女王顾问的墨尔本子爵（Lord Melbourne）就曾经公开赞扬"嘉德勋章"（the Order of Garter）的设置，他说因为"这里头没有令人讨厌的功勋"。正当狄更斯在猛烈展现他那尖锐政治批评的这几年之中，改革的行动早就如火如荼地展开了（最早开始于1832年的《改革法案》，主要在于扩张选举权的范围），其中还包括政府公职人员的任用必须考量功勋的有无。

想要塑造一个崭新而平等的英国之迫切行动散布在其他领域之中。历届议会大幅削减了处以死刑的犯罪名目，同时也立法通过儿童在工厂和矿坑工作时数的限制，另一方面，政府也创制了影响深远的行政和议事程序，并开始解决国民教育的棘手问题。当然，英国的阶级问题始终存在着，到了19世纪中叶，劳工阶层和中产阶层之间的对立冲突变得更形尖锐。但是这个问题一直很难解决，因为抗拒改革的阻力实在太大，不管是在议会里或在外头，哪怕有明显需要的改革也难以通过。狄更斯对这些问题看得很清楚，不时尖酸刻毒地加以批判挞伐。他在《家庭箴言》这本杂志中特别责难诸如"官样文章"（Red Tape，Red Tapists，Tapeworms）这一类无聊而具破坏力量的官僚形式主义。此外，他还特别叙述布勒太太的女管家艾比·迪恩（Abby Dean）的奇怪故事——这显然在影射19世纪50年代初期的阿伯丁政府——她患有严重的梦游症，在睡梦中过着她的生活。

所有这些都会令我们联想到在《荒凉山庄》里狄更斯对政府内阁的轻蔑态度。小说中描述有一次多位上流社会的人士在德洛克先生家聚会，席间大家谈到当今首相该不该辞职的问题，如果他辞职了，他的继任人选是否应该为"库德子爵（Lord Coodle）或是都德爵士（Sir Doodle）"，至于"富德公爵（Duke of Foodle）或是顾德（Goodle）"恐怕并不是很合适。狄更斯按照字母顺序给这些人取诨名，大玩文字游戏。总之，他最痛恨的对象除了大法官庭之外，就算是议会了。

尽管狄更斯不欣赏这些政府机构，但是在他有生之年，有许多改革都已在默默进行，包括健康医疗的改革、工厂的改革、教育的改革，甚至还有议会的改革。1867年，狄更斯死前三年，议会通过《第二次改革法案》，比1832年的法案显然要进步许多，已经把选举权扩大到几乎所有的男性公民身上了。尽管如此，狄更斯在他的小说或期刊杂志上，除了偶尔赞赏一下卫生局的一些措施之外，绝口不提上述那些积极的改革和希望的迹象。理由不难理解，因为在狄更斯眼中，在政治上热情远比信息重要得多。他从不会为这二者的不一致感到困惑。当时一位狄更斯的热心读者，名叫福特（George H. Ford），称狄更斯为无政府主义者。这样的说法乍看有些令人讶异，但我认为十分中肯，我们甚至还可以加上一个形容词，称之为"愤怒的无政府主义者"。和他所表现的那些强烈抗议相反，他对于"现实原则"的承诺充其量是间歇性的。

狄更斯和权威的敌对态度从未动摇，所以他才有必要去塑造他的模范人物：埃丝特、伍德科特以及贾迪斯。他坚持认为只有个人的美德和良善行为才能对英国的悲惨处境发挥救赎的作用。他很清楚这些人物的优良品质是极稀罕的，而且远不够强大，所以狄更斯这位愤怒的无政府主义者不得不夸大这些人物的优点，正如同他夸大这个不完美国家的邪恶一样。

那么，我们应该怎样读《荒凉山庄》这部小说呢？必须小心翼翼。这部作品和狄更斯晚期的几部小说一样，都对当时英国的法律和政治体制深恶痛绝，也对英国不愿修补他认为迫切需要解决之问题深恶痛绝。就某个角度看，他和当时自由派及激进派的改革者可说声气相通，19世纪中叶英国的历史学者甚至会把这部小说看成是某种异化的症候。除此之外，我们实在很难把狄更斯看成是个政治思想家。当然这并不会影响到我们读《荒凉山庄》所能获得的全然乐趣，也不会将之排斥于伟大小说的行列之外。只是对那些追求历史真相的研究者而言，读这部小说迫切需要参考其他意见。

《临终前的包法利夫人》,〔法〕佛尔(Albert August Fourie,1854—1889)绘。卢昂美术馆收藏。(图片出自 Giraudom/Art Resource,纽约)

2
患有恐惧症的解剖师
福楼拜的《包法利夫人》

I

"两天来,我一直试图进入少女的梦中,我为此而不断航行于文学的乳白色海洋之中,里头有城堡和戴着插上白色羽毛的呢绒帽子之吟游诗人。"1852 年的 3 月初,福楼拜写信给他称之为"可爱的缪思"的女友路易丝·科莱(Louise Colet),对他刚开始创作的《包法利夫人》做了预告,这些信件成为他对这部小说的评论。他喜欢不厌其详记录自己的近况,"为了写这部小说,我正在重读一些童书,"他写道,"在阅读了一些老旧古书以及一些船难和海盗的故事之后,我正处于半疯狂状态。"他正在运用"现实原则",企图忠实捕捉低俗的浪漫主义品位,这将有助于铺叙年轻爱玛(Emma Rouault)走向毁灭的过程,爱玛正是他这部小说不幸的女主角。

福楼拜在个人毕生的写作生涯中,始终都执着于对现实的学术性追求。1856 年的年底,他一完成《包法利夫人》,

刻不容缓立即动手写作另一本小说《萨朗波》(*Salammbô*)。这是一部充满异国风味的小说,背景设定在古代的迦太基,故事结合了爱情故事、雇佣兵叛乱和野蛮狂欢。福楼拜借此机会大肆放纵他有关色情暴力的口味,另外也提供给他从事深入学术研究的空间。我们知道,古代罗马人并没有给后代留下多少有关他们这个北非死对头的文化资料,但福楼拜并未就此感到气馁而裹足不前。他翻遍了鲁昂市立图书馆所有和迦太基有关的书籍,同时详读了许多和迦太基的历史文物有关的杂志期刊,此外,也向许多朋友和熟识咨询相关的资料讯息。1857 年的 5 月,他发现自己"正埋首阅读一本有四百页篇幅的写柏树的书,因为小说中的阿斯塔特(Astarte)神庙的庭院种有许多柏树"。到了 5 月底,他声称自从 3 月以来"已经读了 53 本不同的书,并且做了许多笔记"。

虽然他会抱怨说"古书让他感觉难以消化",也承认他这种"惊人的考古学式的用功"连自己也感到讶异,但他可不会接受朋友的好心建议:停止阅读,赶快动笔写作。"你知道到目前为止,我读了多少本有关迦太基的书吗?" 7 月时,他在信中这样反问一位朋友,然后自己回答:"大约一百本左右。"这时他仍断然认为,他的研究还不够周全。他的这种说法也许有自夸之嫌,但只要我们读了《萨朗波》这本小说,即可明确感觉到他在这上面所花费的准备功夫有迹可循。然而，阅读那么多资料仍嫌不够，1858年4月他还特地前往突尼斯和摩洛哥——古代迦太基的遗址——实地考察一番，借着实际观览那里的风景去感受真实的气氛，他必须用事实来激励他的想象。

福楼拜后期的小说一律必须搜集许多资料才能动笔撰写，他另一部著名小说《情感教育》（*L'Éducation Sentimentale*）也遵循此种方式写成。这部小说描写一个反英雄男主角弗雷德里克·莫罗（Frédéric Moreau）在19世纪中叶从外省来到巴黎，一番经历之后，到1867年主角已迈入中年，再度回到外省老家。这段期间，男主角所经历的最刻骨铭心的经验是1848年的革命：街上一片混乱，理想派社会主义者的乌托邦社会蓝图，法国国王路易·菲利普（Louis Philippe）于2月宣告退位后政治俱乐部里展开的激烈冗长的政治辩论。福楼拜为了忠实呈现这段重要而令人印象深刻的历史，首先必须依赖自己的记忆，1848年革命爆发的最初几个月，他刚好就住在巴黎。但这还不够，他特别向一些朋友咨询有关当时一些俱乐部的实际运作状况，同时也向他们打听清楚，为什么当时有许多人的家产会在证券市场里一夜之间暴增或悉数泡汤。另一方面他还阅读了许多乌托邦社会主义者的小册子，以及1848年的旧报纸。

他在这部小说中描述的几个场景，为求其真实可信，还特别前往巴黎的圣欧仁医院（Hopital Sainte-Eugénie），在那里待上几个小时观察儿童被哮吼折磨的受苦情况。"真是难堪，"他后来写信给钟爱的外甥女卡罗琳（Caroline）这样说道，"我离开那里时，心都快碎了，但艺术高于一切！"他高兴听到别人说他写的东西"过于真实"。至于他自己，他的小说永远都不够真实。

当然，在《包法利夫人》一书中，不管是人物的塑造或是对人物行为的描写，并未超越一般人性的界限。这部小说取材自一桩真实发生的事件：一位有点家产、一心向往成为资产阶级的诺曼底农夫的女儿，漂亮而情绪化，她嫁给一位没有医学学位的卫生部官员。这位丈夫很爱她的妻子，却又让她感到厌烦。她在一番幻灭之后，开始耽溺于撩人心扉的爱情幻想，接连两次外遇，可叹这两个情人先后不断欺骗她，既骗她的感情又骗她的钱财，她最后陷入了高利贷债务，走投无路，终于自尽。这则故事没有任何不实之处。

《包法利夫人》里对通奸越轨行为的描写，并不会影响读者对这则故事的相信程度。小说出版后，当时著名的诗人波德莱尔曾写过一篇赞赏这部小说的评论，他把通奸称为是

"人类最平凡但也是最堕落的行为",而这恰好也正是小说家偏爱描写的题材。即使像狄更斯这样在这方面态度最小心谨慎的人,也免不了会触碰这类主题。我们记得在《荒凉山庄》中斯纳斯比太太一天到晚怀疑她的丈夫有外遇(完全没有理由)。狄更斯在其他小说中也常写到通奸行为就快要发生,只不过在最后关头巧妙加以避开了。在《大卫·科波菲尔》里,年轻漂亮的安妮·斯特朗(Annie Strong),嫁给一个年纪比她大上许多的老学究,大家都怀疑她和那位潇洒的表哥有暧昧关系,后来经过一番努力,她才真正恢复了自己的名节。在《董贝父子》里头,伊迪丝·董贝(Edith Dombey),也就是董贝先生的太太,她从小被教养成好像昂贵的物品一般待价而沽,但她毕竟还是个有道德节操的人,最后拒绝了卡克尔先生(Mr. Carker)这个坏蛋对她的引诱。狄更斯在这方面很谨慎保守,他从不真正放手走太远,但19世纪和他同时代的其他小说家可就不像他那样了:霍桑的《红字》、冯塔纳的《艾菲·布里斯特》(*Effi Briest*)、亨利·詹姆斯的《金钵记》(*The Golden Bowl*),还有托尔斯泰的《安娜·卡列尼娜》,这些都是19世纪小说中描写通奸主题最有力的作品。而《包法利夫人》是在一个几乎取之不尽的人类缺陷的脉络上工作的。

通奸问题对福楼拜那个时代的法国而言很令人瞩目。1816年,波旁王室重新登上王位的第二年,他们废除了曾于法国大革命期间通过的离婚法案。这个法案必须等到1884年——福楼拜死后第四年——才再度通过。在这种情况之下,对不安分的丈夫或被忽视的妻子而言,打破婚姻誓约不但合理,甚至还是必要的。左拉在其"卢贡-马卡尔家族系列"(*the Rougon-Macquart*)中的一本题名为《家常琐事》(*Potbouille*)的小说里,描写巴黎的资产阶级,从上到下,不分男女,无不渴望投入非法的、婚姻外的爱情活动。最胆怯的妻子也可能会出于天真无知、生活无聊或是追寻刺激的心理,或甚至单单只是抵抗不了世俗的诱惑而已,竟会跌入背叛忠诚的恋爱之中。考虑到戏剧性夸张的成分,左拉在这部小说中所描述的这类出轨行为,未尝不是因为这个社会禁止离婚的缘故。1883年,全法国正在为要不要重新为允许离婚立法而展开热烈争论之际,左拉就忍不住带着半开玩笑的口吻说,离婚法案一旦通过,那也就是法国文学终结的时候,因为小说家不知道还有什么东西可以写。爱玛前后两次的婚外情,即使在《包法利夫人》的主要发生地外省地区也是相当常见的,几乎是意料之中。

福楼拜在小说中对真理的不懈追求超越了人物内心生活的平凡细节。当然，他并不是第一个尝试描写角色内心世界的小说家，但他那种细密求精的做法却是史无前例的。关于《包法利夫人》这部小说，他说过一句有名的话："包法利夫人，就是我。"（Madame Bovary, c'est moi.）这句话说明了他能够深入他所创造角色之最隐秘领域的特殊写作才能。除此之外，这也是他追寻真实的热情推到新的极限的一部分。

我们也许会认为福楼拜对他的天赋会感到很愉快，事实不然，他经常为此受到折磨。1852年，他在写给科莱小姐的一封信里这样说："上个礼拜三我写作写到一半时，必须起身去找手帕，因为我泪流满面，我被自己所写的东西感动了。"在完成《包法利夫人》几年之后，他告诉著名的文学和政治历史学家泰纳（Hippolyte Taine）说，当他写《包法利夫人》写到尾声爱玛服毒自杀之后，他经历了两次严重反胃的侵袭，嘴中老是弥漫着砒霜的味道，以致吃晚饭时竟呕吐了起来。一个作者对他的创作的认同到此地步，不得不说近乎疯狂。

他的父亲阿希尔-克莱帕斯·福楼拜（Achille-Cleophas Flaubert）是个医生，是鲁昂地区一家大医院的负责人，他曾经间接警告自己的儿子，如果太过执着于某一强烈主题是必须付出惨痛代价的。"我的父亲经常说他从未想过要成为精神病院里的医生,"福楼拜于1853年写信给科莱小姐时这么说,"因为一个人如果太过专注于与疯狂有关的工作,自己最后也会变得疯狂。"做儿子的并未遵循父亲的谆谆告诫。福楼拜在完成《包法利夫人》二十年后,又再度陷入和他的小说人物纠缠不清的情况,严重到无法把自己和他的人物区分开来。这部小说叫作《布瓦尔和佩库歇》(*Bouvard and Pécuchet*),这是1870年代中叶的事情,他在这部小说中以讽刺性的笔调分析两位小资产阶级的思想和行为(一如往常,经过极精密谨慎的筹备),他写道:"这两个人把我填得满满的,以致我竟变成了他们!他们的愚蠢变成了我的愚蠢,我为此快要爆炸了。"

像这样把自己埋入自己所创造人物的技巧,最有效的不单只是感受,同时作者与自己的创造保持距离的决心形成了富于生产性的强烈张力,以"科学性"的非个人化确立了作者的主权。他希望对主观性保持客观。19世纪法国文坛上最具影响力的批评家圣伯夫,也是福楼拜的朋友,在一篇有关《包法利夫人》的审慎评论里提出了一个恰当的比喻:"福楼拜先生来自医生世家,他写作时就像在操作解剖刀,他的每一笔都像个熟练的解剖师和生理学家。"当时著名的漫画家勒莫(J. Lemot)根据圣伯夫的说法为福楼拜画了一幅很有趣的漫画：福楼拜穿着外科医生的围裙，左手拿着一把解剖刀，刀尖上是爱玛血淋淋的心脏，右手拿着一个大放大镜，左后方则是爱玛的部分身体。这种医学上的比喻对福楼拜而言，真是再恰当不过了，他自己也认为他的风格正是一种解剖的风格，而这也正是他最喜欢的表达其严酷世界观的方法。

一个作家的思想和他的文学创作之间的互动关系显然绝不会是很单纯的，福楼拜很了解这一点，他在给科莱小姐的信中这么说："一个人的作品和他本身个性之间的关系真是微妙。"事实上，这层关系比他所想象的更微妙，也更为复杂。复杂的一个理由在于，福楼拜的情感一方面离不开浪漫主义，但另一方面却又和浪漫主义保持距离。表面上，我们可以把《包法利夫人》看成是一则反浪漫主义的宣言，这是一部平凡的小资产阶级悲剧——其中刻画的人物及其缺陷是那么平凡，以至于这部小说几乎不值得被贴上如此崇高的标签。爱玛的心灵和围绕在她周围的当地乡绅也平凡得无以复加，这些都是无可置疑的明显事实——浪漫主义作家不会写作这等素材的小说。

就福楼拜所专注的思考框架来看，如果《包法利夫人》是一则宣言，那么，这则宣言显然是冲着被贬抑的浪漫主义而来。我们大可将这部小说看成是对纯粹浪漫主义的辩护，但作者又表明他所创造的人物——以及和福楼拜同时代的大多数小说家——都无法达到纯粹浪漫主义的要求。诚然,"包法利夫人,就是我",这句话毕竟说明了福楼拜和浪漫主义之间的非正式关联。作为最典型的个性宣言,这样的认同姿态宣告了创作者和作品之间深刻的亲密关系,而这样的关系是新古典主义者永远无法培养的。福楼拜曾耗费多年心力去苦心经营的异国"浪漫"题材——古代迦太基和圣安东尼的诱惑——也可以说明他在这方面的倾向。他从未真正否定过优秀的浪漫主义精神。1857 年,波德莱尔出版著名诗集《恶之花》(*Les fleurs du mal*)时,曾送给福楼拜一本,他回信致谢时跟诗人说,透过其原创性和独特性,他已经"发现了赋予浪漫主义崭新面貌的方法"。接着他以崇拜的口气跟对方说:"您不像任何人(这是您的首要特质)。"他知道没有比这更高的赞誉了。

因此,当浪漫主义阵营的反对者发出声音时,他就用他那尖酸刻薄的语汇对这些人展开反击。1865 年,在读了蒲鲁东(Proudhon)赞扬库尔贝(Gustave Courbet)现实主义画作的《论艺术的原则》(*Du principe de l'art*)一书后,福楼拜讽刺道:"库尔贝的荣耀至上,为了浪漫主义的毁灭!"这本书给他的感觉好比走去厕所的路上满是粪便。早在 1857 年的5月,他读到圣伯夫所写的《包法利夫人》的正面评论之时,心中充满感激,就写信跟对方说,他自己是个"狂热的,甚至是个顽固的浪漫主义者"。后来,他自我定义时,不止一次地这样说过,称他自己为浪漫主义的化石——独特的,就像波德莱尔。简而言之,他把自己看作浪漫主义者中热衷于现实的特别的一派。

II

事实上,尽管福楼拜忠于现实原则,但它并未占据他殿堂里的首要位置。首要的是艺术,或者如他有时候所说的风格,而真实只能占据第二个位置。"艺术的道德,"1856年12月,他这样写道,"在于它的美,我最重视这个东西,首先是风格,然后是真实。"在福楼拜看来,风格和真实并不互相对立,而是结合在一起的伙伴。艺术需要真实,真实为艺术服务。我在前面曾引述他写给外甥女卡罗琳一封信中的一句话——艺术高于一切!——最能说明他在这方面的倾向,我们还记得,他在描述他进行的创伤性实证研究时如此表达。在他看来,他首先是个诗人,一个追求真实的诗人。"我生来即是抒情的"(Je suis né lyrique),因此他总是用大写字母来写

"艺术"(Art)这个字眼。由于他一直在追求这些永恒的理念,他显示自己确实如其自称的那样,是个杰出的柏拉图主义者。既然是艺术殿堂的谦逊崇拜者,无怪乎他不太在意左拉的自然主义:因为缺乏诗情。

福楼拜在谈论到艺术的时候,总是喜欢使用宗教的字眼,但他是那种极特殊的不信宗教的狂热信徒,诚如他对科莱小姐所说,他把自己看作是个牧师,换句话说,是那些有教养的爱好文学之男女的守护者。他很痛恨有关文学的庸俗看法,有一次,1847年1月,他所热爱的女友科莱说,是否应该有人为伏尔泰的《老实人》(Candide)写续篇,他激烈地批评了她的"奇特"建议:"这可能吗?谁来写?谁能够写?有些作品是如此可怕地伟大(伏尔泰这本小说正是其中之一),它们会压垮任何试图承受其重量的人。这是巨人的盔甲:侏儒要是想穿上这个盔甲,还没迈出第一步就已经被压扁了。"他认为科莱小姐在美学判断上存在一些根本错误。"你对艺术有一种真诚的喜爱,却不把它当宗教看待。"这种严酷的论调并不需要运用到他自己身上。尽管这样的论调不够精确,有时甚至还会自我矛盾,他认为他的艺术观念是很神圣的——除此之外什么都不是。1853年4月,他对科莱小姐这么说:"一位思想家(艺术家难道不正是三重的思想家吗?)不应该有宗教和国家，甚至也不要有任何社会信念。"没有比这更武断的论调了。

当福楼拜竟日窝在他位于克拉谢（Croisset）的小书房里和"风格"角力个不停，这带给他精致的痛苦，但更多的是精致的快乐。他并不轻视自己身体的需求。部分是为了身体，他才会从鲁昂的家中远赴巴黎，只为与科莱小姐共度良宵。1852年4月，他对她说："我热爱我的文学工作，既狂热又变态，"这样坦白可没给对方带来精致的快乐，"像个苦行僧喜欢摩擦他肚皮的粗毛衣。"他不断强调一句话："艺术家必须提升一切事物！"自从雪莱称诗人是世界上不被承认的立法者以来，还没有任何一位富有想象力的作家对文学的使命提出过如此崇高的要求。"艺术家在他的作品中必须像上帝在他的创造中一样，不可见又无所不能，我们可以到处感觉得到它，却看不到它。"

这样雄心万丈的说法不仅是他那活泼信仰的宣告，同时也说明了他在风格上的原则乃是尽量使他笔下全知全能的叙述者不要被看到。他这种夸张的美学事实上有其现实上的理由：他认为作家身上具有某种神性——当然，这样的作家极少。在福楼拜看来，对艺术的尊敬，也就是对少数极出色艺术家的尊敬。他向来以爱做严苛批评闻名，但也并不吝于表现他的欣赏。在同时代作家中，他挑选了波德莱尔、屠格涅夫、托尔斯泰，以及乔治·桑和雨果——不过对雨果有很大保留。他常梦想能够生活在一个真正信仰艺术的美好时代——古代雅典和罗马，或是文艺复兴时代。① 另外一个场合，他告诉科莱小姐说："要是有机会碰见莎士比亚，我一定会怕得要死。"是的，还有另外一些人也会让他怕得说不出话来：荷马、维吉尔、拉伯雷、塞万提斯、伏尔泰以及歌德。

大家真正信仰艺术的美好时代！然而，福楼拜却注定要生活在一个龌龊的时代。他的许多信件，无论早期还是晚期的，都不时流露出对当时法国文化的严苛批评，即使后来以小说家身份出名之后，一样未改变他早年的看法。1852年7月，他写信给亲密好友布耶（Louis Bouilhet）说他厌恶他所生活的"腐败的世纪！我们都被第一流的粪便黏住！"他完全看不出有任何可以改善的余地，"我不同意你所说的文学的文

---

① "我最近重读米什莱（Michelet）的《罗马史》，"1846年他写信给一位朋友这样说，"古代的一切令我头晕眼花，真希望能够生活在凯撒或尼禄时代的罗马——试想在一个大军凯旋归来的晚上，战车上弥漫着香味，被俘虏的敌人国王跟在后面，然后，大家徐徐进入竞技场，看，能够生活在这样的时代多么惬意！"

艺复兴，"1852年7月他写信给另一位朋友杜刚（Maxime du Camp）这样说道，"到目前为止，我看不到什么像样的新作家或是有什么创意的作品，所有的观念都腐朽不堪。"一年后，他写信给科莱小姐说，法国文化已经令他忍无可忍，"我举目所见，都那么痛恨诗和纯艺术，那种对真实的全然否定简直让我想要自杀"。有时候当他心情比较好些（这种时候很少有），他会流露稍微乐观的语气，他会说未来可能不会像现在这么死气沉沉，但绝不会在他有生之年实现。"美的时代已经过去了，"1852年4月他写信给他的"缪思"科莱小姐时这样说道，"人类也许会再度回到美的时代，但现在是绝对不可能的了。"

在福楼拜带有偏见的眼光看来，当时法国文学会沦落到此等地步，罪魁祸首就是资产阶级。他刚好借此机会在这上面大作文章，甚至与他同时代的一些作家也无法免于他的毒箭攻击。"令我感到愤怒的地方是，我们一些同僚的资产阶级作风，怎样的商人嘴脸！愚蠢的白痴！"如果我们愿意相信他的这些偏激怒火，那么，所谓的资产阶级作风——他们的外貌、他们的服饰装扮、他们的言谈，还有他们的观念——的确很令他倒胃口。1872年10月，他的好朋友，也是小说家和评论家戈蒂耶（Théophile Gautier）去世，享年61岁。福楼拜特别以他为活生生的例子,让自己相信戈蒂耶即是被"现代愚蠢"(la bêtise moderne)窒息而死。几天后,他在鲁昂大街上碰见三四个资产阶级,"他们那副粗俗德性,"他对他的外甥女卡罗琳如此说道,"你看他们身上穿的大礼服,头上戴的礼帽,还有他们说的话和讲话的那种声调,真令人倒尽胃口,也真想大哭一场。我这辈子从未像现在这样感到恶心过。"无疑他夸大了他的嫌恶反应,他以前也经常记录这种恶心的感觉。又过了几天之后,他告诉他的剧作家朋友费多(Ernest Feydeau)说,他真希望躺在地底下腐烂的人是他自己,而不是戈蒂耶。"在化为乌有之前,或者说,在等待化为乌有之时,我倒想先行'清除'我身上的胆汁,因为我老是想吐,坦白告诉你,我的胆汁既多又苦。"

但是,像这样漫无节制的对中产阶级的厌恶情绪,从来没有上升到理性的社会批评的层次,福楼拜批判的触角也延伸到较低的阶级。"我使用'资产阶级'(bourgeois)这个字眼,"1871年他在信中告诉乔治·桑,"实际上也包括了劳工阶级的先生们。"他以前也曾以同样的包容性和社会学上无用的方式定义这个词。在他眼中,这些人不管是穿礼服还是工作服,都是一群无可救药的蠢蛋。

《包法利夫人》的内容似乎正是设计来支撑他的这种控诉。它要证明资产阶级的爱非常少，就像他们可以真正做好的事情一样少。事实上，推动这部小说在情节上的进展的，正是这种基本激情的失败。令爱玛感到沮丧的地方是，她和丈夫之间的性生活很机械呆板，简直就是乏善可陈。福楼拜在小说中这样写道："这在他（包法利先生）成了例行公事；他吻抱她，有一定时间。这是许多习惯之中的一个习惯，就像晚饭单调乏味，吃过之后，先晓得要上什么果点一样。"许多家庭事务，特别是床上的节目，根本就不是爱玛在少女时代所读的浪漫小说中所描写的那个样子。

　　正如我在本章开头指出的，福楼拜在为女主角爱玛搜集的阅读材料上花了数不清的时间。1920年代纽约市以浮夸闻名的市长吉米·沃克（Jimmy Walker）有一次这样说："没有一个女孩会被一本书诱惑。"爱玛刚好是个例外，她不是被一本书诱惑，她被许多本书诱惑。她13岁时就被送去一间由一些善心修女所经营的修道院，在这期间她觉醒的性幻想找到了充足的新意象和新感觉。而她的献身精神从未超过对那些肉体的遐想，燃起她熊熊欲火的是"圣坛的芳香、圣水的清冽和蜡烛的光辉散发出来的神秘魅力"。

　　总之，修女们谆谆教诲的信仰真理以图片的形式呈现在爱玛面前，而欲望就潜伏在表面之下。福楼拜特别写道，她对宗教的热诚局限于她眼睛能看得到、耳朵能听得到、手能碰得到的东西。她喜欢教堂是因为教堂里有许多花，喜欢音乐是因为音乐里有梦幻般的歌词，至于喜欢文学，是因为它能激起她内心的情欲。因此，"每当她去告解时，总喜欢为自己杜撰一些小罪恶，以便能够在那里多逗留一会儿。她跪在阴影底下，双手合十，把脸靠在铁格子上，听神父喃喃低语。"许多隐喻在讲道中反复出现——"未婚夫、丈夫、天上的爱人、永恒的婚姻——在她的灵魂深处挑起无法言喻的甜蜜。"另一方面，她对自己身体的不耐烦反应又多少显得很稚气："她必须从事物中得到一种切身利益，"福楼拜如此为她下定论，"凡不直接有助于她的感情发泄的，她就看成无用之物，弃置不顾——正因为天性多感，远在艺术爱好之上，她寻找的是情绪，并非风景。"

爱玛所阅读的东西只是徒然让她养成一种习惯，那就是把宗教的教诲转化成感官的喜悦。她在修道院读书期间，贪得无厌地读了许多小说，夏多布里昂（Chateaubriand）的浪漫忧郁让她爱不释手，可是他礼赞自然的篇章，她则无动于衷，因为她对田园风光太过熟悉，因此怎么样都找不到刺激的来源。相对的，司各特（Sir Walter Scott）的小说满足了她更多幻想。她并不满足于从当时的经典作品中榨取色情形象——福楼拜那么努力深入少女的梦幻世界在此总算没有白费心机——她转而追寻一些感伤滥情的歌曲和空洞无聊的情诗。此外，像描写多情的骑士和陶醉的少女或是美丽女士和高贵绅士，以及英雄救美等诸如此类低俗的爱情故事，她也全部吞下。"她巴不得自己也住在一所古老庄园，如同那些腰身细长的女庄园主一样，整天在三叶形穹隆底下，胳膊肘支着石头，手托住下巴，遥望一位白羽骑士，胯下一匹黑马，从田野远处疾驰而来。"

由于不停接触这些撩人遐思的读物，爱玛的幻想习性导致她越来越无法忍受平凡无趣的婚姻生活。就在她婚礼举行过后，她让自己相信"她总算拥有了那种不可思议的爱情，好像一只披着粉红羽毛的大鸟，翱翔于诗的广阔天空——可是她现在也不能想象，这种安静生活就是她早先梦想的幸福"。要是她少读点书，她就会少受点苦。

Ⅲ

福楼拜曾经说过，他想写一本关于"乌有"（nothing）的书，但《包法利夫人》并不是一本这样的书，这本书是他一辈子对抗愚蠢、贪婪和庸俗的火药库里的一件武器。他对他乐于称之为资产阶级的恶心和恐惧的反应需要对他的性格进行探讨。在不影响这位给世界文学带来不朽丰碑的天才作家的情况下,我们必须更进一步深入探索他所角力的情感上的魔鬼为何,因为这有助于确定他与现实世界、他的作品以及他的文化的关系。因为毕竟是福楼拜,而不是别人,创造了爱玛·包法利、萨朗波、弗雷德里克和萝莎奈特,还有他那充满魅力的想象世界。

福楼拜由于报复中产阶级社会所发出的恶意诅咒,可以说大大超乎了客观的水平。他曾提议和几个朋友坐在他住屋的阳台上,看着底下路过的行人并对着他们头上吐口水。他希望他的《萨朗波》一书会"惹恼资产阶级,也就是说,惹恼所有人",他甚至宣称,他最想做的就是烧毁整个鲁昂和巴黎。他想把1871年的革命分子全扔进塞纳河。我们不该把这类发自内心的想法看成单单只是一种黑色幽默的表现而已。福楼拜这种压抑的反复发泄行为使这些尖刻脾气的表现有了某种心理学上的意义。从某个角度看,他的憎恨是一种症状:他的恐惧症和所有这类病症一样,都是一种对抗焦虑的防卫行为。比起它所隔离的恐惧,它带来的困扰更少。恐惧症患者的压抑行为,不管是害怕过桥或是一看到资产阶级就出不来汗,都是一种防御性措施。然而,这种防御策略注定要失败:福楼拜的窒息和呕吐发作,即使实际情况并不如他所说的那么严重,却也说明了他无法掌控自己焦虑感觉的事实。想要变成《包法利夫人》里的爱玛或《布瓦尔和佩库歇》里的佩库歇,不会只是创作文学的一种有用策略而已。对福楼拜而言,资产阶级的儿子和兄弟,这是他最糟的梦魇,但同时似乎也是他最深层的愿望。

对付恐惧症的策略有两种,福楼拜两种策略都使用。第一种是尽量把自己孤立起来,借此和庸俗之辈隔开,以免受到他们的污染。他在巴黎和一些志同道合的文学界朋友共进晚餐,可以说是一种自我保护的社交行为,因为这些人没有一个是真正受到资产阶级污染的人。第二种是采取反恐惧症的姿态,直接去面对引起他恐惧不安的因素。他坚持不懈地关注那些"无教养"的同胞,勤奋地收集他们的言论,记录他们的态度,并不断地解剖他们的行为,是直接面对敌人的英勇行为。

福楼拜因此是个充满矛盾冲突的作家,甚至对可能最适合他的补救措施也感到不安。他内在最矛盾的冲突点,以弗洛伊德的观点看来,指向了当时著名精神科医生沙尔科(Jean-Martin Charcot)称之为"生殖事务"(la chose génitale)

的东西,它可以说是一切原因中的主要原因。诚然,对福楼拜而言,生殖事物的问题正是他一辈子的困境所在,他从未解决对性的不协调感觉,他总是无法确定,要拥抱还是抗拒诱惑。不过有一件事可以确定,在他身上放荡逸乐的倾向经常会面临一个强劲的对手:写作。他从一开始和科莱小姐交往以来,就反复感到独处的冲动。科莱在年纪上比他大11岁,在情场上身经百战,不知道已经睡过多少张著名的床铺,和他认识时美貌仍在,不能说对他没有性的吸引力。但他会经常不客气地跟她强调,对他而言,爱情必须臣服于艺术的要求。"在我看来,爱情不能摆在生命的前台,它必须摆在后头才行。"他为了和这位"可爱的缪思"保持距离,就不断鼓励她要爱艺术多于爱他。1843年,福楼拜21岁,当时著名的雕刻家普拉迪耶(James Pradier)曾建议他去好好谈一场恋爱,他告诉年轻的密友勒普特文(Alfred LePoittevin)说:"这个建议很好,可是如何进行呢?"当时普拉迪耶的妻子年轻貌美,且又自由开放,和丈夫分居,此时成为福楼拜的女友,两人"短暂"交往了一阵,福楼拜认为"短暂的"恋爱适合他。他承认:"我需要恋爱,但我不会去做,那种正常的、规律的、维持得好好的稳定两性生活会让我失去自我,会干扰我。我应该重新进入活跃的生活状态,进入身体的现实，事实上是常识，而我每次尝试的时候，都会带给自己伤害。"

因此，为了满足性欲，同时又要尽量保有隐秘的个人生活空间，他偶尔会去妓院买春解决。他在写给科莱小姐的一些比较随意的信中就称赞妓院这个古老行业的迷人之处。他每次一想到婚姻就害怕，一想到要做父亲就浑身不自在。当科莱小姐暗示说她可能怀孕时，他恳求她去堕胎。他很高兴自己住在鲁昂，科莱小姐住在巴黎，这真是个美妙的距离——至少他觉得很美妙。福楼拜毕竟还是少不了她，其中有几个不足为外人道的理由。他写给她的信件可以说结合了色情告白（"你大叫道：'咬我，咬我呀！'你还记得吗？"）、关于写作的精彩小论文以及对文学的信仰告白。1849到1850年之间，他去埃及和近东旅行了18个月，这真是一趟性狂欢之旅（包括几个雇佣的漂亮男孩），一路上性交个不停。其中最猛烈的一次是和一个叫作哈内姆（Kuchuk Hanem）的著名妓女，他写信回来给几个亲密好友——除了母亲之外——巨细靡遗地报告和这位妓女的猛烈交媾过程（"我疯狂地吸吮她"），当然还有其他更猥亵的文字描写，此处不便一一详述。

福楼拜所写的一些色情的信简,在他所出版的作品中算是比较不引人注意的部分,说明他未完成的童年事业持续存在。他在小说中会大玩俄狄浦斯情结之主题的游戏,也描写杀父,有时相反,不听话的儿子被无情的父亲杀了,以及母爱和肉欲的危险混合。在现实生活中,他很难将这两者分开。拜伦曾大笔一挥写到,要像爱母亲和情妇一样爱意大利。福楼拜有一个英年早逝的妹妹,名字叫作卡洛琳(Caroline),他们两个人从小一起长大,感情很要好,好得有点超乎寻常,甚至有点色情的风格("我要好好把你吻个痛快!"她在一封信中这样写道,她当时18岁,福楼拜21岁)。和其他人一样,他的思想走到了行动跟不上的地方,但他确实把它们全部写了下来。他是个离经叛道的天主教徒,他对天主的不敬非常极端。比如他幻想在一间意大利教堂里做爱:"黄昏将晚的时候,能够躲在那里的告解室后面,在人们点灯的时候就地狠狠干一趟,会是多么惬意的一件事情!"他在尚未真正从事写作之前,曾说想写一篇故事,描写一个男人对一个追不到的女人的爱情,他说这篇故事会让读者惊吓得发抖。他说,他知道有些欲望他不敢去触碰,其中一个就是他的妹妹,还有另一个:埃丽莎·施莱辛格(Élisa Schlésinger)。

他的确曾经很认真地坠入过一次情网,而且从他留下的文字判断还始终相当地忠诚——以他自己的方式。除了这次之外，还有一次传闻中的恋情，据说他当时也着实很"认真"过，对象是他外甥女卡洛琳的英文女家庭教师茱丽叶·赫伯特（Juliet Herbert），只可惜这桩恋情因缺乏证据而无稽可查。他对施莱辛格夫人的这桩恋情则是证据确凿，施莱辛格夫人的丈夫是个和蔼、精明、不择手段的生意人，福楼拜在特鲁维尔（Trouville）海滩上认识她的时候才15岁，而对方已经26岁——刚好是他和科莱小姐在年龄上的差距。埃丽莎·施莱辛格身材高大，皮肤黝黑，体态丰满，经常露出一副无精打采的样子——福楼拜完全没有机会，因为她对她那位喜欢拈花惹草的丈夫非常忠实。

他从未得到她，可却也从未忘记她。他早年写过一篇自传式的作品叫作《狂人回忆》（Mémoires d'un fou），内容即是描述他如何爱上她的过程。"玛丽亚，"他如此称呼她，"有一个小孩，是个小女孩，她很爱她，常常爱抚她并不时亲吻她。"他真希望自己能"接受到其中的一个吻"。玛丽亚"自己喂小孩吃奶，有一天我看到她解开上衣，露出胸部给小孩喂奶"，这件事的确在特鲁维尔海滩上发生过，这一幕令他永难忘怀。"她的胸部既圆又丰满，褐色的皮肤，我还可以看到那细嫩皮肤底下淡蓝色的血管。我之前从未见过女人的裸体。

哦！看到那只乳房使我陷入了奇异的狂喜，我想用我的眼睛吞噬它，我多么希望只是触摸它！"他幻想自己激烈地咬住它，"一想到吻她的胸部所可能带来的色欲快感，我的一颗心都快融化了"。

三十几年后，在《情感教育》（1869年出版）一书中，对故事男主角弗雷德里克而言，埃丽莎化身为半是母亲半是令他渴慕的情妇之混合人物，是他可望而不可及的梦中情人。三年后，福楼拜写了一封动人的信给埃丽莎，信中为他没有早一点给她写信道歉，有点可怜地把疲劳作为理由，"我的人生越是往前迈进，越是感到悲哀。我正回到以前全然的孤寂状态。我为你儿子的快乐献上我最虔诚的祝福，我视他如我自己的儿女，我热烈拥抱你们两人，我要拥抱你多一点，因为你是我永远的爱人（ma toujours aimée）"。埃丽莎是个百分之百的资产阶级，但对她的情况，福楼拜愿意做个例外。

IV

像福楼拜这样一位守旧的单身汉，对风格那么着迷，在出版《包法利夫人》之前还谈不上是个专业作家，那么，在1857年《包法利夫人》出版时，有头有脸的法国人会抨击他迎合最低的人类本能，对福楼拜而言似乎并没什么好大惊小怪。他们只是按角色行事，难道不是吗？在小说中，最能代表中产阶级之自负和愚蠢的，莫过于郝麦（Homais）这个角色了，他是地方上的一位药剂师，平凡无比，却不假思索地把进步论调挂在嘴上——显然是个伏尔泰主义者——而且还把自己看得比什么都重要。小说中有一场以他为中心，笔调上描写得特别生动。郝麦正在责备他的年轻伙计在填写处方时犯了一个要命的错误，他很生气地推了这位伙计一下，这时候从伙计口袋里掉落一本书，书名叫作《夫妇之爱》(*Conjugal Love*)，为了让它更有诱惑力，这本书中还附有许多插图。书掉落到地上时，郝麦太太刚好在一旁看到了，忍不住往前弯身想看个究竟，她的丈夫很生气，挥手要她走开，"不可以！"他大叫道，"碰不得！"毫无疑问，她的丈夫绝对会禁止她读《包法利夫人》。

除了《包法利夫人》之外，我们不难想象福楼拜的其他小说也会出现像包法利先生这样蹩脚的情人。在《情感教育》一书中，男主角弗雷德里克在巴黎结交过许多女人，却永远追求不到他真正想要的女人（福楼拜自己也是如此）。这部小说的结尾可以说是现代文学中最为反感伤的杰出手笔之一：弗雷德里克和一位昔日故旧忆起多年前，他们年轻的时候，一起去当地妓院，站在门口激动得呆住了，听到女人们的笑声尴尬到无所适从，转身就跑。如今想来，那是他们最美好难忘的记忆！

我们不妨再看看《布瓦尔和佩库歇》一书中那两位中下层食利者主角，他们的爱情境遇更为不幸。他们继承了一笔财产之后，以一种业余而笨拙的姿态想去触碰各类知识的光环——农艺学、地质学、医学、哲学、神学——每次都碰得灰头土脸，嘴里老是说着一些福楼拜多年搜集而来的"陈腔滥调"。他们在疯狂追求百科全书式知识之余，也转向探寻性爱的活动，可叹一样是挫折连连。布瓦尔向一位生性贪婪的寡妇求爱，不幸遭到拒绝；佩库歇在他们的女仆身上投石问路，却沾染上性病。总之，包法利先生以一种善意却笨拙无趣的做爱方式，为福楼拜评估可敬的性爱活动设定了标准。

比较起来，爱玛的两位婚外情人在性爱上可要比上述那几个人胜任得多，只不过他们都没有把自己当作像样的资产阶级。首先罗道耳弗（Rodolphe），这是一位34岁的地主，"性情粗暴，思路敏捷，而且常和妇女往来，是一位风月老手"。他擅于调情，他经手的女人不计其数，一个女人一旦让他得手，他就想抛弃然后去涉猎新的对象。当他开始设计要俘获既漂亮又涉世未深的爱玛时，即已开始考虑到一旦对她感到厌倦时要如何抛弃她，那是他向来的行事风格。只不过这次和爱玛的关系中的厌倦感觉，竟比他所预期的来得慢。随着这层关系的不断演进，爱玛也越陷越深，可以说已完全陷在他的掌握之中，福楼拜这样写道："他发现这种爱情，可发掘的乐趣还很多，尽好享受。他嫌廉耻掣肘，待她不但没有礼貌，还把她训练成了一个又服帖又淫荡的女人。"福楼拜在原来为这部小说所拟的写作大纲中写得更为露骨：罗道耳弗把爱玛当成是妓女，"把她操得晕头转向"，爱玛可心甘情愿被这样对待，他对她越粗鲁，她反而越是爱他。① 关于这个现象，福楼拜这样评论道："这是一种愚蠢的顺从方式，充满了对他的崇拜，也充满了对肉欲的渴望。"福楼拜在笔记中写到，她把他看成像神那样在爱他。简而言之，爱玛替罗道耳弗做了本该他做的事。

我们现在看爱玛的第二个情人赖昂（Léon），她为他一

---

① 在小说中，福楼拜非常善于为性爱场面的细节蒙上一层面纱，他把许多空白留给读者去填补，并没有明说罗道耳弗如何在做爱时腐蚀了爱玛。当时精神分析的观念尚未出现，他却已经能够写出许多行为的暗示性意义，爱玛和罗道耳弗性交之后，他这样写道："过后，她就检查房间，打开抽屉，用他的梳子梳头，用他刮脸的镜子看自己。床几上放着柠檬和方糖，靠近水瓶，还有一支大烟斗，她经常叼在嘴里。"这是一幅有趣的画面，充满了性的暗示。但当然，有时候，烟斗就只是一个烟斗。

样付出很多,这是一位法律的实习生,在他前往巴黎接受更进一步的法律教育之前,爱玛已经被他的言语迷住了。他到了巴黎之后和工厂女工鬼混,学得了更多的调情技巧,等到他回外省之时,人格修养上没什么进步,可却变得更聪明花俏。福楼拜这样写道:"他常和轻浮子弟厮混,原先的羞怯气息已消失殆尽。回到外省时,他根本就看不起那些没有穿过漆皮鞋、没有走过柏油大马路的人。"这样的姿态的确有助于他去勾引外省乡下的妇女,他也利用了这一点。

对19世纪中叶的读者而言,《包法利夫人》书中的性爱问题特别会吸引住他们的注意,大大超越了书中值得争论的信仰问题。1857年,《包法利夫人》书出之时,当时英国的著名评论家史蒂芬——我们前面已经提过他对狄更斯的评论——批评这部小说充斥了太多猥亵描写,女主角令人"厌恶"。他看到这部小说当时"在巴黎引起极热烈的反应,而且极受好评,许多重要批评家甚至视之为现实主义的典范"①。史蒂芬并未真正看出福楼拜的最大野心所在:他并不想被任

---

① 我在本书《序言》中已提过,福楼拜自己并不欣赏这种赞美,"人们认为我被现实迷住,坦白说我其实憎恨它,我正是基于憎恶现实主义才会想要创作这本小说。"

何艺术流派定型，他要成为自己的流派。如果说他承认自己附属于任何团体，那一定是一个特选的精英分子团体。

史蒂芬还特别暗示，只有法国作家才会写出像《包法利夫人》这样的小说。由于这个缘故，福楼拜得以把他这部杰作的视野扩展到更大的水平，特别是有关民族性的率直和沉默等风格的问题上面。史蒂芬虽语带保留，还是向有限的读者推荐了这部小说，尤其是"那些对法国社会状况有兴趣的人"，因为这部小说毕竟见证了一个文化的整体道德现状，或许更恰当地说，是其症状。

然而，史蒂芬并没有真正了解这部小说在法国被大众接受的实际情形，有许多法国人——而且是女人——觉得《包法利夫人》冒犯到了他们，就像许多正经保守的英国人或美国人所感受到的一样。1856 年，这部小说在《巴黎评论》（*Revue de Paris*）上面连载，编辑杜刚（Maxime du Camp）是福楼拜的友人。小说才连载一半就出现了许多愤怒声音要求停止连载这本小说。杜刚知道他这本杂志早就因为自由主义的观点而受到检查当局的注意，他已经不止一次被警告过，如果不收敛的话，杂志迟早会被停刊。他开始有所顾忌，1856 年 12 月，他决定删除小说中一段令人难忘的细节描写（可没出现过任何一句猥亵的言语）：爱玛和赖昂坐在马车内于鲁昂地区四处迂回游荡，不停调情做爱。福楼拜颇能理解杜刚出于谨慎不得不如此做，可是如今内文尚未公诸大众竟自己先行检查删除，他感到很生气。对于他耐心地、痛苦地从自己身上拖出的文字，他希望不惜一切代价保持完整。

事实证明杜刚的顾忌是正确的，1857年1月，当局把《包法利夫人》的作者、出版商和印刷商一并告到法庭，罪名是妨害风化和诽谤宗教。福楼拜对此感到困惑，而且一直没有完全理解。他自认和高层要人的交往会使他免受起诉。12月的时候，他一直觉得很轻松愉快，甚至还为恶名远播而感到相当得意。"《包法利》事件的进展超乎了我的预期，"他写道，"人们发现我太过忠于事实了。"眼看着就要被推上法庭的被告席之时，他自认是政府要修理别人的替罪羔羊，"我是替罪羔羊，他们只是想借此毁掉《巴黎评论》而已。"这整个事件，他写信给他哥哥阿席勒说，"根本就是一桩政治事件"。可是到了隔年1月中，他发现事情可能不是如他所想象的那么单纯，他感觉到事实可能相反，《巴黎评论》才是替罪羔羊，"这整桩事件背后可能有阴谋，某种见不得人的恶劣阴谋。"显然，一个人不必真正信奉阴谋论，也知道这背后一定隐藏有某种超乎想象的阴谋运作。

福楼拜解不开的困惑说明了19世纪中叶的法国乃是一个

非常分化的社会。在法国大革命发生了足足半个世纪之后，法国人仍在争论革命的真正本质及其带来的后果。因为1789年发生的历史性事件并不是法国的最后一场大动荡，政治不稳定成为法国的常态。1815年，随着拿破仑时代的结束，波旁王朝重新回来掌政，一直努力想恢复旧制度的所谓辉煌。但到了1830年，这个不合时宜的愿望却为一场不流血革命所摧毁，一群拥护奥尔良公爵的贵族和一群上层资产阶级（大部分当代观察家如此认为）取而代之，登上执政宝座。这个政权仅持续18年，到了1848年被所谓的第二共和推翻，这个第二共和的寿命更短（这个带有激进实验性质的共和政体越来越不激进），仅仅两年而已：1851年12月2日，拿破仑一世的侄儿路易·拿破仑，作为总统曾宣誓拥护共和政体，却在这一天突然发动政变，在一年后正式称帝，自称拿破仑三世。

这可不是福楼拜乐于见到的政治方案，他和当时大多法国文学界人士一样勉强接受了新的现实。雨果是最为典型的例外，他以恶意口吻称这位新皇帝为"拿破仑小帝"（Napoléon le Petit），这也正是福楼拜心中的想法——当然只是私下表达。他最痛恨的就是这个政权对戏剧演出、新闻，甚至诗作的严格检查。就在《包法利夫人》事件之后，立即轮到波德莱尔，他以诗集《恶之花》一书被告到法庭，法官认为他的诗作充满猥亵和伤风败俗的现实主义，会过度挑起读者在感官上的不当反应，结果是：罚款300法郎，再版时有几篇诗作必须拿掉。公开的色情必须禁止，可是拿破仑三世自己情妇一大堆。"古希腊伯里克利（Pericles）时代的人们不是比拿破仑三世时代的人们更自由、更聪明吗？"福楼拜于1854年这样问科莱小姐。他和新帝国无法和睦相处——也许除了文人的独裁之外，没有一个政权会令他感到满意，他在这方面倒和狄更斯很像，骨子里是个无政府主义者。尽管如此，一开始《包法利夫人》受到起诉威胁时，他还是认为他会安然无事。

拿破仑三世一上台就终结了公开对政治表示不满的可能，但他无法解决法国社会严重的分化问题。从法国大革命走过来的人仍怀有深重的怀旧情结，他们对罗马天主教不但持冷漠态度，甚至还充满敌意；大多数信奉天主教的人，尤其以乡下地区占最大多数，他们很担心那些工人阶级和自由派人士的反教权主义会伤害到整个国家社会的精神健全。英国历史学家科班（Alfred Cobban）曾如此简要指出："拿破仑三世一直是个冒险家，坐上帝位之后也是如此。"他在位期间并非没有建树：大幅扩建铁路系统，以及努力建设巴黎，将之打造成为现代化的大都会。然而，整个帝国还是有许多不堪的部分，奥芬巴赫（Jacques Offenbach）充满机智幽默的轻歌剧的光芒也无法完全将其掩盖。

拿破仑三世精明地和教会和睦相处，同时得到了善良、受尊敬的法国人的支持。因此，大多数历史学家都把《包法利夫人》事件看成像福楼拜所理解的状况：是一桩政治事件。当时的国家检察官皮纳尔（Ernest Pinard）一定是经过高层授意的！要不然，他就是个机会主义者，本着为自己前途铺路的邀功心态，借宗教和道德之名，主动对这部小说提出控诉，期盼能因而获得上层的赏识？当然，公开展示宗教警觉性是不会错的。

然而，如我之前说过的，一根雪茄，即使是名贵的哈瓦那雪茄，也只是一根雪茄。这次的控诉事件也许真的就是那么单纯。有时候，爱伦·坡（Edgan Allen Poe）在《失窃的信》（The Purloined Letter）中的教训适用于对动机的考察：表面上最隐蔽的东西实际上是最明显的。皮纳尔那么积极想要起诉福楼拜这部小说，可能的情况是，他一方面被这部小说的文学力量所震撼，另一方面觉得他有责任保护群众，以免他们的心灵被这部不道德的小说污染。他太过沉溺于这桩控诉案件，以至上级要他停止时，他反而不肯听从指示了。

这个案件成了他自己的事。"谁会去读福楼拜先生这部小说?"他在法庭上这样问,"是那些从事政治或社会经济的人吗? 当然不是! 这部小说的轻浮内容会落到那些更轻浮的人们手里,可能是年轻女孩,甚至是那些已婚妇女。"皮纳尔当时年轻气盛,没想到自己晚年会出版一本内容猥亵的诗集,这倒是大大出乎福楼拜意料之外的一大反讽,但这丝毫不影响他当时作为年轻检察官的热情。这倒是强调了一项我们所熟悉的事实,那就是许多人在一生当中,经常会被不相容的需求所玩弄。

在法庭上辩论的时候,皮纳尔并不吝于称赞福楼拜在艺术上的成就,但同时抨击他猥亵淫荡的一面。他特别从书中举出几段他认为不道德和伤风败俗的文字描写——两段勾引的场景,爱玛两次偷情中间短暂恢复的宗教信仰,还有爱玛临终的时刻——他总结说,作者运用了所有的艺术资源,却没有任何的约束。"他不稍微遮掩一下,竟自然表现了所有的裸体和粗俗。"他至少强调了三次要庭上注意他所说的"通奸的诗意"(The poetry of adultery)。然而,福楼拜的辩护律师塞纳尔(Marie A. J. Sénard)在辩论表现上比他的对手更胜一筹,他引用作者所提供的宝贵资料,指出法国一些古典作品以及启蒙运动时代毫无争议的代表性人物孟德斯鸠

(Montesquieu)的著作中都有充满激情的内容。至于爱玛临终那个被批判为冒渎宗教的描写，塞纳尔特别指出，那是作者借用自罗马天主教惯用的仪式，并将之译为法文，只不过稍加以淡化而已。他们赢了这场官司，福楼拜和他的被告同伙当庭无罪开释，唯一的惩罚：必须聆听法官训诫一番，因为他们没能出版一本有教诲性的书。

这场官司比福楼拜自己所预期的还要累人和吓人，但他本人及其观点并未因此而有所改变：这件事反而证实了他对法国资产阶级的看法。那时，他的资产阶级恐惧症已有二十年之久，不过这次事件的结果令他感到欣慰的地方是，有不少颇具影响力的圈子都表示支持他，"有许多女士，"社会上有某些地位的女人，福楼拜强调，"都变成了愤怒的包法利迷（Bovarystes enragées）。"有的甚至还向当时的皇后欧仁妮（Eugénie）请求赦免她最喜爱的作家，让他能够免除法庭的诉讼之苦。当然，并不是所有的支持都是那么令人欣慰，上述的英国批评家史蒂芬最后下了一个令人无法接受的结论——至少福楼拜就不能接受——他说，福楼拜企图写一本"道德之书"，因为小说最后以罪恶女主角的痛苦死亡终场。

同时，福楼拜也在法国发现到一些意想不到的同道，其中最著名的一位就是鼎鼎大名的诗人拉马丁（Alphonse de

Lamartine），他不但是著名诗人，还是个政治人物，同时也是小有名气的历史学家，他说他熟读《包法利夫人》已经到快要可以背诵的程度，并自愿出面为这部小说说话。1857年，正当福楼拜面临官司煎熬之际，多么渴望有人出面帮他一把，这时候拉马丁的出现，肯定让他有些尴尬，因为他对拉马丁的小说评价不高。早在五年之前，他在写给科莱小姐的信中曾提及拉马丁新近出版的一部小说《葛莱齐拉》（*Graziella*），他说这可能是拉马丁写得最好的一本非韵文作品，只不过还是很平庸。作者甚至没有暗示出性的激情。"首先，"他指出拉马丁这部小说中对男主角爱情的不当处理，"他有没有跟她睡觉，到底有还是没有？这些人物不是人，而是人体模型。"因此，"主要的事情蒙上了一层神秘气息，读者变得无所适从——性爱的结合被系统地驱入阴影之中，好像喝酒、吃饭或小便之类。"福楼拜绝不会这么假正经——《包法利夫人》就是一个最佳证明。

适巧这正是控诉他的检察官皮纳尔所提出的要点所在：弥漫整部《包法利夫人》的是一种情欲解放的气息。这位检察官还跟庭上说，他所引证的内容尚不足以说明这部小说的淫荡程度。他说得没错：如果他想把这部小说像强烈香水那般弥漫全书的色情味道传达出来，他必须从头到尾把整部小说朗诵出来。爱玛尚未出嫁，还是个年轻女孩时，早就显现出有色欲熏心的倾向。包法利先生和她比较起来，似乎迟钝了许多，可是他第一眼看到爱玛时就被迷住了。他前往爱玛家的农庄为她父亲看腿伤，当他第一眼看到爱玛，心里就迫不及待想找机会再回来——当然是为了爱玛，而不是她的父亲，父亲的伤早就好了。有一个场景写得令人印象极为深刻，福楼拜展示了爱玛对自己作为一个诱惑者的半知半解，暗示了即将到来的情欲刺激。包法利先生正准备离开农庄，爱玛和他站在一起等人把他的马牵来，"时逢化冻，院里树木的皮在渗水，房顶的雪在融化。她站在门槛，找来她的阳伞，撑开了。阳伞是缎子做的，鸽子咽喉颜色，阳光穿过，闪闪烁烁，照亮脸上的白净皮肤。天气不冷不热，她在伞底下微笑；他们听见水点，一滴又一滴，打着紧绷绷的闪缎。"这个场景的描写读起来感觉好像是莫奈在明亮的户外为妻子卡米尔画的肖像。即使像包法利先生那么迟钝的人，也发现自己被水滴掉落在爱玛阳伞上的声音，以及她裸露的肩膀上在阳光下发亮的汗珠隐约唤起。

爱玛是个庸俗的女人，当她在静静倾听什么的时候，会用牙齿咬着嘴唇，当她拿针扎到手指的时候，会很不自觉用嘴巴去吸吮一下手指，露出一种动人心扉的撩人姿态。有一天，包法利先生又前来看她，她倒了一杯橘皮酒给他，倒得快要溢出来，然后也为自己倒了一点点。和对方碰杯之后，她就举杯要喝自己的酒，"因为酒杯差不多是空的，"福楼拜这样写道，"她仰起身子来喝；头朝后，嘴唇向前，脖子伸长，她笑自己什么也没有喝到，同时舌尖穿过细白牙齿，一点一滴，舔着杯底。"这段文字读来好像一段精心布置的小插曲，为我们预告爱玛未来的一个相似情景，在一次更为罪恶的处境中。

就在爱玛嫁给包法利先生不久，她再一次演出类似的节目，这是在她生命的转折点。罗道耳弗经过一整天的努力之后，终于擒获了她的芳心，事情发生的地点就在户外，"她的衣裙贴紧他的丝绒燕尾服。她仰起白生生的颈项，颈项由于叹息而胀圆了。她于是软弱无力，满脸眼泪，浑身打颤，将脸藏起，依顺了他。"面对着时间和对象的不同，她从主动变成被动，从征服者变成了俘虏，她完全向性的征服者举手投降了。福楼拜在这里的描写反映了他的时代，而且准确捕捉到了爱玛的心态，半是期待，半是羞愧，因为在关键时刻她把脸藏起。

后来爱玛和下一个情人赖昂的交往中，那种颤抖再次出现。他们反复争吵又屡次和解,只不过她发现他们的交媾热情越来越冷却,她想尽办法要重新点燃对方的热情,比之前更放纵地投向他。"她总在期许下次幽会无限幸福,事后却承认毫无惊人之处。爱玛觉得扫兴,可是一种新的希望又很快起而代之,回到他的身旁,分外炽热,分外情急。她脱衣服,说脱就脱,揪开束腰的细带,细带兜着她的屁股,窸窸窣窣,像一条蛇,溜来溜去。她光着脚,踮起脚尖,走到门边,再看一回关好了没有;一看关好了,她一下子把衣服脱得一丝不挂,然后——脸色苍白,不言不语,神情严肃,贴住她的胸脯,浑身打颤,久久不已。"

苍白、不语、严肃、颤抖:福楼拜几乎不放过任何机会提醒读者,爱玛的婚外情带给她自己的恐怕是痛苦多于喜悦。诚然,她先后和罗道耳弗及赖昂两人一开始的时候还真享受到了类似度蜜月的乐趣,她第一次和罗道耳弗睡过觉之后,感觉真是舒坦极了。她自言自语说道:"我有一个情人!一个情人!"但随即感到一阵焦虑,因为她同时也害怕会丧失掉原本生活中她厚着脸皮得到的、付出甚多才保有的一切。有时候,她甚至会怀疑是否好好当个规矩忠实的包法利夫人更值得。因为她总是必须不断寻找更冒险的理由和借口,以便和情人幽会,因而每次在性爱满足之余,总免不了夹带一些愤怒的情绪，她发现性爱满足和愤怒情绪总是无法分开。① 当她这些情事告一段落之时，简直痛苦到了极点。罗道耳弗答应带她远走高飞，最后却遗弃了她；赖昂在她债台高筑而被逼得走投无路之时，拒绝伸出援手。她会责备罗道耳弗无情无义，这时候她真正说出了她对爱情的愤怒心声。可叹她在外遇事件中，福楼拜评论道，重新发现了"婚姻的所有陈词滥调"。

V

福楼拜对爱玛的阅读背景、她的迷恋行为以及当她陷入金钱麻烦时所有邻居的无情反应等这些描写，有时读来不免感觉有些夸大，但这不能不说和他当时的文化背景多少有一些关联。他和一些擅于运用讽刺的作家一样，很清楚某种程度的夸张是讽刺必不可少之要素——只是必须注意不可超越

---

① 爱玛一旦表现出不能满足于她那枯燥乏味的中产阶级婚姻，福楼拜就不断强调她那愤怒的心态——不满她丈夫，不满她自己，而且也不满她那无来由的哀伤——然而，同时她的邻居们却会称赞她是个会料理家务的年轻妻子。两个例子："她心中充满了欲念、愤怒和憎根。"不久她和赖昂搞上之后："肉体的需要、银钱的欠缺和热情的悒郁，揉成一团痛苦。"

可能性的范围。"达到理想的方法,"他告诉评论家泰纳,"就是写得真实,但写得真实则必须透过选择和夸张才能达到。"当然,这样说的意思并不意谓着他愿意承认他对资产阶级的批判有任何过分的地方,更谈不上有任何不公正之处。他的所有这些批判在他看来,都是针对19世纪法国中产阶级文化的真实面而发的精简陈述。

他认为他生活其中的社会已经被19世纪中期以来被称为"不真实"的个人自我之背叛所严重挫伤。在他看来,资产阶级所崇尚的崇高理想都是一派胡言,都是自欺欺人。婚姻、商业、政治、宗教、儿童教育,以及艺术、文学、戏剧和音乐等的消费,全都是为了获得公众的认可和社会地位的提升而进行的。资产阶级的最大牺牲品就是诚挚,批评家加在他们身上的诨号——"伪君子""市侩""骗子""吹牛大王""强盗贵族",以及可能最贴合法国实情的"杂货贩子"——这些都是极得当的称谓。福楼拜认为,所谓资产阶级批评家、资产阶级赞助者、资产阶级收藏家、资产阶级编辑等,可说统驭着一切,而他们所遗留下来的祸害实在是有目共睹。资产阶级的真正品味也有显露的时候:《包法利夫人》书中所描写的让爱玛陷入狂喜并塑造了她对爱情的种种期待的垃圾小说,一直是最符合他们口味的读物。

因此，爱玛可说是这个社会上"不真实"之个人扭曲的典型代表，也可以说是整个社会的缩影。她的自恋行为反映了她周遭邻居的自恋心态，而她的行为正是对她心目中文学角色的模仿。甚至她的性冒险也不只是她个人的行为，她自己成为男人的玩物，并让自己的色情欲望适应他们。罗道耳弗特别教导她什么是她"自然的"欲望。如果她活在今天，去咨询社会工作者，他们会告诉她，她受困于低自尊（low self-esteem）状态。

不管福楼拜是以个人化风格刻画的包法利夫人，或是以尖酸刻薄的一般性方式去攻击法国当时的文化，他对他所生活世界的嫌恶是全面性的。他在信件中更是使用了"报复"这样挑衅性的字眼。1853 年，当时福楼拜 32 岁，他和好朋友布耶两个人对未来文学的前途都拿不定主意而情绪低落，他建议他们应该像社会对待他们那样，冷酷地加以反击："喔！我要为自己报复！我要为自己报复！"他这方面和狄更斯很像，对任何适当的目标——实际上是对整个社会——怀有怨恨。两年后，布耶有一出戏被法兰西剧院（Théâtre Français）拒绝，他用同样的口气安慰这位朋友说："你所碰到的障碍更坚定了我的信念，那就是一个人越平庸，为他敌开的大门就越多。"布耶的天真令他讶异:"你不了解法兰西这个可爱的国家,他们憎恨创造性!"他以一种特有的粗暴方式来宣泄他的郁闷:"这个时代的愚蠢让我痛恨,仇恨的浪潮让我窒息,我感觉像得了疝气一样,粪便都涌到嘴巴里了。"1867年,他写给乔治·桑的一封信上面这样说:"解剖就是报复。"的确不错,我们知道,他最擅长的就是解剖。

波德莱尔曾为《包法利夫人》写过一篇精彩书评,他特别感受到这部小说的主要动机正是一种意志上的反叛。他看出作者在表达强烈的不满,因为福楼拜透过探索可以想象到的最蹩脚题材来发泄对自己国家的反感——正因为它是如此蹩脚。波德莱尔揣摩福楼拜的想法:"在一张平凡的画布上,我们可以画出有力、逼真、细腻同时也是准确的风格。"他又继续这样说道:"我们应该把最火辣炽烈的感情投入最平凡普通的冒险,最庄严的话语经常吐自最愚蠢的嘴巴。那么,愚蠢的真正源头,最愚蠢的社会,最荒唐的制造者,一堆蠢蛋聚集的地方,到底在哪里呢?在外省地区。在那里最教人无法忍受的居民是谁呢?普通人,他们一天到晚专注于琐碎无聊的事情,这些工作扭曲了他们的观念。"对福楼拜如何透过意志的力量和全然的创造才能去创作出这部作品,波德莱尔以精微的直觉直抵福楼拜的最终意图。

以现代文学的经典标准来看——我假设还存在这种东西——《包法利夫人》的崇高地位依然是牢不可破的。这部小说从今天的眼光看,其吸引人的程度并不亚于150年前书出之时。但对历史学家而言,其功能就受到相当大的限制。因为这部作品即使服膺于所谓的"现实原则",但是在呈现时,并不是那么地不偏不倚。这部小说有一个听来无害的副标题:"外省风俗"(moeurs de province)。这个副标题对外人而言,好像一根隐藏的刺一般:在福楼拜的圈子里,他们向来把"外省"看成是沉闷、老套以及肤浅的虔诚等之同义词。这部小说就像是骚扰他们的武器。不管我们多么想从小说中了解法国前卫艺术家的困境或是作者的焦虑,它告诉我们更多的是拿破仑三世时代的法国和作者的家乡鲁昂。

1850年代,鲁昂的人口大约有十万人左右,这座诺曼底地区的港口城市并不是什么艺术之都。一直到1880年,福楼拜去世那年,这里的第一家艺术博物馆才正式开张。福楼拜最喜欢的戏剧《哈姆雷特》和最喜欢的歌剧《唐璜》,鲁昂人可能无法陪他欣赏这样的艺术。然而,他对他们的冷嘲热讽,把他们描写成粗俗、贪婪、物质主义以及没有节操,说来实在相当地不公平。鲁昂是一个省会城市,工商发达,是高级政府官员和高级教会人士的居住地，多的是富商巨贾，其中最为人所熟知的德波（François Depeaux），是船业大亨、棉花商人、慈善家、业余游艇玩家，而且还是印象派画作的收藏家，那时候的印象派尚未得到真正重视。同时，有许多资料可以证明，当地资产阶级还是高水平小说作品的读者，其中不乏福楼拜的读者，他要是有机会去了解一下他们晚上都在读些什么，他就不会那么看不起他们了。福楼拜写过一本《庸见词典》（*Dictionnaire des idées reçues*），他在书中搜集了许多他所鄙视的资产阶级智慧语汇——譬如，"音乐会：高尚的消遣"或"小说：败坏民风"——这些恐怕并不适合用在所有鲁昂居民身上。

然而，福楼拜想要冒犯和惊吓那些刻板保守大众的愿望，毕竟超过了他追求事实的热诚。"这部小说会不会吓到别人？"1856年10月，正当《包法利夫人》连载时，他提出这样一个问题，然后自己回答："但愿如此！"他甚至忍不住在小说最后补上几句话，好让法国的群众感到难堪。爱玛死后，她丈夫的所有家当都被拿去拍卖，以偿还她所积欠的债务。包法利先生发现了太太生前的秘密，同时又为太太的猝死伤痛欲绝，最后竟死于找不出缘由的病症——法医来验尸也找不出什么名堂——可能真的死于心碎，到死身上都还"涨满了爱情的潮汐"。另一个角色,自由派的资产阶级典型人物郝麦先生,在小镇上的声誉蒸蒸日上,"官方宽容他,舆论保护他。他新近得到十字勋章"。福楼拜的意思极为明显:无论谁输了,资产阶级都是赢家。

《布登勃洛克一家》1901年德文初版封面。
德国 S. Fischer 出版社收藏。

3
叛逆的贵族
托马斯·曼的《布登勃洛克一家》

I

狄更斯和福楼拜企图写作有美学价值的文学作品，同时以擅于展现政治性批判见称，但托马斯·曼则追求作品的深度，这种品质长期以来一直困扰着德国心灵的批评家。他于1901年，亦即26岁那年，出版了他的第一部小说《布登勃洛克一家》。之后不管是在通信中或是自传性文字及访谈里，他都一再强调，这是一本"非常德国的"，亦即"非常日耳曼的"作品。他也会说，这是一本道德家的小说，强调瓦格纳这位"最伟大的大师"是他的心灵导师。瓦格纳教导他如何使用"主导动机"（leitmotif）和"象征性的公式"（emblematic formula），"让特定时刻获得形而上的、象征性的提升"。

他的心灵导师并不只有瓦格纳一人，还有叔本华和尼采，都是哲学家，而不是小说家。更不用说他特别擅于在小说中运用的反讽手法了，反讽正是他著名的个人标签。可惜并非所有读者都能真正领会他在这方面所表现的高层次思想。"大部分的人",他带着苦涩的口吻说,只欣赏他"是个美妙晚宴的绝佳记录者",他因此感到失望,许多人都忽略了他的雄心企图:他想成为超验的征服者。

在《布登勃洛克一家》一书中,曼把主导动机和象征的要素彻底融入文本,让这部小说读起来像是具体的世俗家庭的记事,这类作品当时广受一般大众读者的喜爱。他说书中部分角色乃是根据"一些活生生的人物来塑造",有些来自"家庭的记忆,包括美好的和不堪的",有些则是来自"年轻时代曾给我留下深刻印象的一些个人和场景"。[1] 1903年这部小说出版之后不久,他写信告诉友人:"我听说我家乡有些人读了这部小说之后,发现我的生活和作为也还有些可取之处,这对我很重要,很有价值。说到底,一个人可以把自己居住过的城市写成一本一千一百多页的小说,对它终究不是无动于衷的。"总之,在托马斯·曼的眼中,《布登勃洛克一家》是一本在吕贝克(Lübeck)土生土长的一位小说家所写的关于吕贝克的小说。当戏剧评论家巴布(Julus Bab)问他,小说中的主角托马斯·布登勃洛克(Thomas Buddenbrook)住

---

[1] 1937年11月5日,曼在写给友人的一封信中这样说道:"我的工作得助于家庭的档案资料和商业的资讯,这些都是从我的故乡取得。"

在哪里时，曼的回答好像真有那么一个地址似的："事实上，托马斯·布登勃洛克的家并不住在渔夫巷，而是贝克巷，两条巷子平行，门牌号码是 52 号。"这听来倒像是个十足的传统现实主义者的口吻，只不过这是一个不会为"现实原则"所局限的现实主义者。

曼的这部小说可以说是过去两百年来德国文学史上，最杰出的描写家族故事的作品。他描写一个富裕的商业家族从 19 世纪 30 年代中期到 1880 年左右兴盛和衰落的故事，他特别把故事的重心放在这个家族如何走向衰落的过程。布登勃洛克这个家族是地方上的望族，他们有强烈的荣誉感和根深蒂固的家族自豪感。小说的故事从第一代老约翰·布登勃洛克写起，他是这个家族的建基者，故事开始时他已经为这个家族累积了相当庞大的财富，中间经过三代，直写到第四代汉诺·布登勃洛克，他是这个家族的终结者。

小说后半部描写了一个可怕的时刻，当时才 8 岁的小汉诺，有一天无意间看到家庭的记事簿，上面详细记载着家族中每一位成员身上发生过的重要事件，旁边有时还特别注明事件发生的日期和一些评论。他随手翻阅之下，看到了自己的名字——尤斯图斯·约翰·卡斯帕尔，以及出生日期。他随手拿起一把尺和一枝金笔，在他的名字下面画了两条平行线。那天晚上,他的父亲托马斯,当时已经是第三代的一家之主,发现了他儿子在家庭记事簿上的冒渎行为,大为光火,就逼问儿子这样做是什么意思,"这是什么意思!说!"他对男孩咆哮道。"我以为……我以为……"儿子在受到惊吓之余,支支吾吾地说:"我以为底下没有了。"这是一个具象征性意义的时刻,托马斯·曼并非平白浪费笔墨去描写它,我们知道小汉诺底下,真的什么都没有了。

《布登勃洛克一家》的背景是德国北部地区一个不具名的城市,在这整个故事的发展过程中,小说巨细靡遗详细记载了家族中发生的大小事件:订婚、结婚、出生受洗、生日、结婚周年纪念、争吵、离婚,还有看牙医。这看来琐碎平凡,但是曼很清楚他是在解剖一个商业王朝,他并未忽略这个家族如何赚钱,以及有时候怎样赔钱。他不仅努力刻画他们的行为模式、他们的品位以及他们的语言——第一代的布登勃洛克经常在言谈中夹杂法语,而且使用一种贵族口吻使唤仆人,他同时更强调他们商人的行事格调。布登勃洛克这个家族是属于老一派的商业家族,他们言谈彬彬有礼,在急剧变化的商场上维持保守的作风。让他们难堪的是家族中一位女婿最终倾家荡产,另一位则锒铛入狱。

托马斯在继承家业成为一家之主以后,并未一味墨守成规。有一次，他在经过一番内心挣扎之后，决定违反家族的规矩，以极低廉的价格买下一个大农场，这个农场的主人原来是个贵族，因为需款孔急，只得贱价出售。托马斯心里打的如意算盘是，他期待靠农场上的农作物获取暴利，这样做似乎有违家族向来循规蹈矩的商业作风，但他会这么做主要也是出于妹妹冬妮在旁边不断怂恿（因为她刚好就是那位贵族妻子的亲密好友），买下这个农场一方面可以帮助朋友渡过经济难关，另一方面又可能为家族带来一笔不小的收益，如果不做，家族在生意上的竞争对手哈根施特罗姆（Hagenström）会立即插手进来。

托马斯决定接受妹妹的建议去违背自己向来的诚实作风，倒未必是出于贪婪的想法，他只是急于证明他们的对手哈根施特罗姆家族尚未取代他们在商场上的首要地位。那年秋末，正当他们在庆祝公司成立一百周年之时，托马斯一位下属给他拍来一封电报：农场上的作物全毁于一场冰雹。这看来像是天意的报复，当然，报复之手，以及何时施展全出自托马斯·曼的意志。他作为一个形而上的道德家在工作，无法拒绝创造一个壮观的高潮。其中传递的讯息已经很明显：当有一位布登勃洛克家族的人企图成为新时代的无情资本家之际，如果他的商业策略无法适应恶劣的新时代作风，就会失败得更加彻底。

哈根施特罗姆家族成了新时代的象征，他们是新品种的资本家，没有什么传统可言，也没什么值得炫耀的光荣先祖，他们的钱财来得快去得也快。这个家族当下的一家之主施尔曼表面看来客气温和，但似乎并不是个条理分明的人，托马斯·曼显然有意把他描写得不讨好，在他笔下，这个人极端肥胖，满脸肥肉，双下巴惊人，狄更斯小说中怎么样也从未出现过这样壮硕痴肥的人物。他为家人盖了一幢壮观的豪宅，可是这栋建筑与他的同胞们引以为豪的历史悠久的建筑毫无关系，他每天早餐一定要吃鹅肝酱——总之，这是一个暴发户的典型代表。小说最后他取代了布登勃洛克家族在商场上曾经有过的辉煌地位，甚至还买下代表他们显赫地位且已居住多时的大宅，这一象征中的象征！

小说中有不少笔墨描写经济和社会的斗争，这乍看会是很适合社会和文化史学者研究的材料。但曼坚持认为将市民阶级（Bürgertum）的衰落和资产阶级的兴起对立起来并非他所要投注的焦点。小说出版多年后他说，在这部小说中他所要探索的毋宁是有关人类内在灵魂和生物—心理学上的问题，"社会和政治的问题，"他说道，"我只是半不自觉地处理了，这方面的问题我兴致并不大。"不过，几年后有几位著名社会学家如韦伯、特洛尔奇（Ernst Troeltsch）和桑巴特（Werner Sombart）——全都是德国人——都对此发表了杰出见解，认为现代的资本家都具有被驱动的、自我弃绝享乐的特征。此时曼谨慎地指出，他已经在小说中描写过这类人物，而且从未得助于任何社会学家的观念。① 这留下一个问题，曼在写作《布登勃洛克一家》这部小说之时，除了他有意揭示的，是否还为历史观察者提供了更多关于19世纪社会的"社会—政治学"信息？

根据他自己的证词，曼在这部小说中所追求的不"单单"是现实的家庭故事而已，他所谓的"生物—心理学"的问题，在他看来所牵涉的是生命和死亡的大问题，特别是死亡问题：在他50岁之前——具体地说是20世纪20年代初期——他在和死亡玩浪漫的游戏，他在这方面有三位前辈大师，其中特别以瓦格纳最为显著。他把爱和死亡紧紧连结在一起——爱之死（Liebestod）——成为他的著名标记。曼最热爱的作品

---

① 他在《一位非政治人物的反思》一书中这样说道："我必须强调的是，我所描述的有关现代资本主义者的贪得无厌和中产阶级在职责上的禁欲主义观念，是新教伦理、清教主义及加尔文主义的产物，这都是由我自己观察所得，直到最近我才发现有学识的思想家也在思考和表达这种思想。"

是瓦格纳的《特里斯坦与伊索尔德》，这也是意料之中。

曼在出版《布登勃洛克一家》多年以后，对这方面主题的专注依旧持续不断。这部小说出版之后不久，他写了一个中篇小说，叫作《特里斯坦》（*Tristan*），这篇小说提供了他大肆发挥嘲弄和病态精神的空间。这篇小说的故事背景发生在一家疗养院里面，里面有一位怪异"情人"特里斯坦，他是个个性软弱却又口若悬河的唯美主义者，作为伊索尔德的角色是一位年轻母亲，她是个很有才气的钢琴家，但医生却禁止她弹钢琴，以免本已严重的病情再恶化——这个女性角色比较像奥芬巴赫的《霍夫曼的故事》（*Tales of Hoffmann*）里的安东妮亚，而不像瓦格纳的《特里斯坦与伊索尔德》里的女主角，不过曼的女主角和瓦格纳的女主角一样，最后都是死于肺病，而不是为爱而死。曼在写《特里斯坦》这篇小说的时候，心里必定都在想着瓦格纳，只是他和这位前辈大师始终保持着某种反讽的距离：他称他自己的故事为滑稽剧。不过，他虽然以幽默手法处理这个严肃的音乐剧主题，毕竟还是掩盖不住他对人生的深沉悲观看法，爱神（Eros）和死神（Thanatos）是一体的。

特里斯坦和伊索尔德都是因为渴望灭亡而死，但这样的死亡方式同时却又充满生命力。特里斯坦似乎刻意为自己制造阻力，以免消耗掉他对伊索尔德的热情，但他们都被无限拖延的幸福幻想所激励。他们的命运在维多利亚时代唤起了一种爱的哲学，这样的哲学可见诸宗教诗人如帕特莫尔（Coventry Patmore）和金斯莱（Charles Kingsley）等人的诗作中——他们都不是瓦格纳的信徒。在他们眼中，天堂的许诺不亚于延长到永恒的性交活动。专业乐评家和不少的普通听众都听出瓦格纳为《爱之死》所作的配乐是淫乐的化身。丰富的管弦乐、膨胀的节奏，以至达到高潮后戛然而止，都是性交行为的暗示。

当然，把共同赴死的想望呼应在性交的同时高潮上面，并不是什么秘密。法国人把这种性爱的拥抱交缠称之为"小小死亡"（la petite mort），因为在性交的高潮刹那，分隔恋人的界限被抹去，各自的自我被超越，他们已然融为不可分割的一体，在互相拥抱的疲倦时刻里，各自内心弥漫着幸福感觉，此时他们唯愿再次以这种方式死去。其实并非只有瓦格纳才能创造此种音乐，在《布登勃洛克一家》里，小汉诺也一样创造了接近此种爱与死主题音乐的东西，只不过他自己并不理解其中奥妙罢了。

《特里斯坦》这出滑稽剧并不是曼唯一入侵瓦格纳领域的例子。1905年，他写了一篇短篇小说，可能很少人读过，叫作《瓦尔松之血》(Blood of the Wälsungs)。这篇作品早年被作者从豪华版短篇合集中撤回，从未收入他后来所出版的短篇全集里头［译按：英国的"人人丛书"（Everyman's Library）于2001年最新出版的托马斯·曼短篇全集英译本中已经收入了这篇］，据说理由是因为这篇作品具有反犹精神——内容描写一对19岁双胞胎兄妹齐格蒙德（Sigmund）和齐格琳德（Sieglinde）的乱伦故事，他们出生于柏林地区一个富裕的犹太家庭——这层事实特别是在1933年（希特勒上台）之后令曼感到非常困扰，所以不愿意让这篇作品广泛流传。故事描写双胞胎妹妹和一个无趣的非犹太人订婚之后，才发现她爱她的双胞胎哥哥多于爱这位未婚夫。她和哥哥有一次去听瓦格纳的歌剧《女武神》(Die Walküre)，这出歌剧终于把他们之间的暧昧关系暴露无遗：他们之间的乱伦爱情。之后他们回到家里，在齐格蒙德的豪华卧室里一张熊皮的毯子上，依照歌剧情节演出他们的乱伦情节。我们常说艺术模仿生活，曼在这里所做的，则是生活模仿艺术。

曼早年在政治思想上倾向于保守主义和民族主义，这些思想和色情主义以及他称为哲思的形而上玄想产生了奇怪的混合作用。他坚持认为，只有德国人才会写出像《布登勃洛克一家》这样的小说，在《一位非政治人物的反思》这本小册子中，他大肆宣扬爱国主义，这是他在第一次世界大战中反对他哥哥亨利希·曼所宣扬的世界主义的公开表达，他甚至反问道："一个人可能不是德国人而竟能够成为哲学家吗？"做德国人的意思就是必须要有深度，并且要摒弃盛行于当代法国和英国的那种肤浅琐碎的理性主义，至于作为其祖先的标榜理性的西方启蒙运动一样不足取。在年轻时代的托马斯·曼及一般德国人眼中，所谓哲学家只不过是一群在咖啡馆里卖弄小聪明且毫无传统观念的不负责任的家伙，这些人拥护人的完美、散文优于诗歌之类异端邪说。曼在年轻时代会带着这样严肃的观点去看世界，我们便不难理解他对人生的看法会是什么样子：人生的终点——不仅是它的结论，也是它的目的——就是死亡。

对托马斯·曼而言，这些并不是不切实际的纯理论的思索。在那些年里，他经常会想到死亡，当然也包括自己个人的死亡。1901年的年初，他向他的哥哥亨利希透露自己想自杀的想法。他和哥哥之间的关系，多年来始终都是处在爱恨交织的紧张状态。他对哥哥说出"深受抑郁困扰，十分认真地打算自我了断"，对他来讲，这可真是一段难熬的时光，《布登勃洛克一家》正等着要出版上市，他正焦急地等待着他的出版商费希尔（Samuel Fischer）的消息，看是否不得不大幅度删除书中一些篇幅。他勉强装出轻松愉快的姿态去跟哥哥说明这本小说的真正题旨："形而上学、音乐以及青春期的色情。"

这是对这部小说极剀切中肯的说法，这三个主题都适当地出现在小说之中，但显而易见的是，曼这位崇尚瓦格纳精神的爱好吟咏死亡的吟游诗人，对致命的疾病这个重大主题感到特别满意。他那描写迈向灭绝之光荣道路的突出笔调，可以说是德国小说中最令人叹赏的段落之一，较之福楼拜笔下所描绘的爱玛如何迈向死亡的篇章，可说是毫不逊色。比起狄更斯小说中充满道德意味且既庄严又崇高的死亡场景，反差再明显不过。小说中主角托马斯·布登勃洛克是个令人敬仰的参议员和商人，他逐渐丧失了做生意的干劲，开始以一种不健康的方式思索生命本质的问题，特别是他自己的生命问题——他是全书最引人注目的死者之一。有次他去看牙医，经过一番折腾之后，独自一人慢慢走回家，就在半路上，他突然中风倒了下来。人们发现他的时候，他正趴在地上，头还埋在垃圾堆里头，毛皮大衣和白手套沾满了污泥和雪水。不久他死了。

托马斯的独生子汉诺成了这一家族的最后一线希望，但看来也不太乐观，他生性敏感软弱，根本不适于从事商业，同时又有幻想的倾向，他喜欢弹钢琴——不过曼为了避免感伤滥情的嫌疑，必须强调他在这方面的才能只是普通而已。小说接近尾声部分，曼花费许多篇幅详细刻画汉诺典型的一天中的学校生活（专制又无益）和家庭生活（他已经 15 岁）之后，突然以一种不同的临床笔调另辟新的一章："伤寒症的发病情况是这样的"。在两页的医学描写之后，我们知道曼正在把汉诺推向死亡的道路。

在描写令人不快的次要情节方面，曼一样毫不留情。比如小说中有一段情节描写托马斯的弟弟克里斯蒂安一场冗长乏味的晚餐谈话，弟弟以一种自怜自艾和乖戾好笑的语气不停抱怨自己身体的各种病状。我们不能批判曼这样做是假文雅的表现，与当时其他一些不节制的现实主义者一样，曼并没有将目光从生活的物质领域移开。不过有一样基本主题他并未真正触到，或顶多只是间接触到，那就是色情的爱。

曼在这方面的表现更为接近狄更斯，不太像福楼拜，而且几乎和一般的德国现实主义作家没什么两样。德国人接触现实主义比较迟，但到了 19 世纪 90 年代曼开始写作时，他们在现实主义上的成就已经可以和欧洲其他先进地区相匹敌了。当时一些思想进步的期刊会经常刊载触碰社会问题的一些戏剧和小说——社会批评乃是当时易卜生戏剧和左拉小说的一大特色,也是所有现实主义的一大要素,此时对德国作家而言也都是越来越熟悉的写作手法,比如剧作家霍普特曼(Gerhart Hauptmann)和小说家冯塔纳都是典型例子,只是当时的触角尚未真正触碰到性爱方面的描写。福楼拜在《包法利夫人》中大胆描绘女主角的性爱幻想,以及她如何在破旧旅馆匆忙脱光衣服和情人上床。曼就写不出这类场景。

在这部长篇巨著中,除了一些朋友和家庭式的打招呼亲吻之外,只描写过六次接吻而已。其中除了两次之外都发生在托马斯的妹妹冬妮身上,所有这些吻都对她的生活产生了重大影响,随着故事的进行,她也开始占据越来越重要的位置。小说开始时她是个八岁大的小女孩,她的母亲和奶奶正在教导她教义问答;到了小说最后,她、汉诺的母亲和其他哀悼者谈论着死去的汉诺。冬妮生性和蔼热心,有点势利,虽说谈不上智慧聪明,但适应性非常强,她一辈子历经沧桑,到了小说最后,她似乎已成为这个家族硕果仅存的人物。

冬妮所经历的四次接吻并未真正导向快乐结局,它们是尴尬或令人难堪的。第一次接吻发生于她还在学校念书时,吻她的人是班上的一个小男生,他用偷袭方式吻她以示求爱,冬妮对此显然并不领情。接下来的一次发生在她的少女时代，她发现自己的运气有了短暂改善。这是一次意料之外的、自发的、令人难忘的恋爱插曲，也是整部《布登勃洛克一家》中唯一一次浪漫爱情的描写。事情的起头是这样的，有一位来自汉堡的商人，名字叫作格仑利希（Bendix Grünlich），这个人过去和冬妮的父亲有些生意上的往来，衣冠楚楚，喜欢奉承巴结，他有意与冬妮结婚，并与她父母接洽，但冬妮死都不肯答应，因为她十分讨厌格仑利希。于是父母把她送去海边度假，在那里她遇到了莫尔顿（Morten），一个帅气而有理想主义倾向的大学医科学生。他和冬妮一见钟情，互吐衷曲，可叹他们家世不匹配，这位大学生想成为冬妮的丈夫几乎是不可能的。

但是有一天，他们坐在海滩上谈心，她对他表达自己的感情，他希望她能好好保留这份感情，不要答应那个叫格仑利希的家伙，"她没有回答，甚至没有看他，只是把倚着沙堆的上半身向他靠近了一点，莫尔顿迟缓地、谨慎地在她嘴上接了一个长吻，以后两人各自向沙滩的一端望去，羞赧得不得了。"自此以后她再也没见过莫尔顿，在往后的岁月里，她偶尔会在谈话中提到他，更无形地与她的丈夫对立起来，这对冬妮的丈夫不是好消息。

第三次接吻来自那位她不想嫁的格仑利希先生，她的父亲打着如意算盘，希望冬妮和这位商界朋友成亲之后能够对家族的企业有所助益，"不要任何不必要的仪式！不要什么社交礼仪！也不要任何拙劣的表面功夫！只要当着她的父母面前在她额头上慎重亲一下就可以，这就是订亲仪式。"不幸的是，格仑利希先生后来非但没有为冬妮娘家带来任何助益，还几乎要把他们拖垮，原来他当初娶冬妮正是为了她那丰富的嫁妆，后来事实证明了他根本就是个骗子。第四个吻对冬妮而言，也根本没什么魅力，她和格仑利希离婚之后又再婚，对象是一位叫作佩尔曼内德（Permaneder）的巴伐利亚人。他并不贪婪——这倒是个安慰，因为他没有格仑利希的这种缺点——可是却像许多资产阶级的丈夫一样，并不安守本分。有一次冬妮当场撞见他和家中女仆的越轨行为，当下二话不说就忿然离去，什么借口和解释连听都不想听，第二次婚姻就此结束。

另外两次接吻呢？托马斯·布登勃洛克把这两个吻施舍在一家不起眼的小花店里面，吻在一个"很美丽的"，有着异国容貌的卖花女嘴巴上面，她叫作安娜，当他的情妇已经有一段时间了。他和她告别：为了将来能够接掌家族的事业，父亲正准备送他去阿姆斯特丹一位朋友的公司里见习。这可能意味着他们爱情的终结。结婚不可能,甚至连安娜都不希望如此,因为家世差距太大,他必须寻到一个门当户对的对象。再过几天他就要走了,他吻了她两次,很不想走,可却又推卸不掉布登勃洛克家族压在他身上的重责。"听着,"他跟她说,"我实在是身不由己。"看来他在年轻时代就已深刻感受到家庭责任对他的压力和束缚。

总的来说,这些吻意义不大。所有其他爱情活动都发生在密不透风的幕后。冬妮的女儿伊瑞卡(Erika)和威恩申克(Hugo Weinschenk)订婚时,在布登勃洛克家餐桌上,当着大家的面稍稍有一点亲昵表现,便立即招致家人的非议,大家觉得他们这样做很不得体,曼这样描写并非故作姿态,他希望读者能够认同他。

Ⅱ

曼的这种谨慎保守风格并非出于胆怯,而是他设计的一个要素。在布登勃洛克家的世界里,热情的爱恋行为微不足道。因此冬妮必须离开莫尔顿,托马斯不得不放弃安娜。老约翰·布登勃洛克表示过对自己妻子的热爱:"她曾带给我生命中最快乐幸福的岁月。"他的这位妻子后来死于难产,他的第二次婚姻则是理性和称意的商业交易，然后他自己儿子的婚姻一样必须遵循此一相同模式。"坦白地说，"曼这样写道，"他的婚姻并不是人们所说的那种恋爱的结合。他父亲拍了拍他的肩膀，让他注意这位豪富的克罗格家的女儿，她会给公司带来一笔可观的陪嫁费。他欣然接受了这个建议，从那时起便一直尊敬他的夫人，认为她是上帝给安排好的终身伴侣。"夫妻从此和乐生活在一起，至少表面看去是如此。

父辈对寻找对象的盘算方式一代一代传下来，年轻一代的约翰·布登勃洛克很自然会用同样的方式为他的女儿冬妮物色结婚对象，仿佛是以此证明他和她母亲由此一方式所组成的婚姻是正确的。曼此时并未忘记提醒读者冬妮的对象格仑利希是个什么样的人——格仑利希（Grünlich）这个名字的字义是绿色，他是一个不讨人喜欢的年轻人，谄媚油滑，一丝不苟，同时很懂得掩饰自己的缺点，并在必要时展现自己不屈不挠的坚忍功夫。他看来很像狄更斯在《荒凉山庄》里嘲弄的虚伪的非传统传教士角色。约翰·布登勃洛克在经过一番仔细调查之后，认定格仑利希的确是一位可靠有为的年轻商人，便迫不及待要把女儿嫁给他，几乎是强迫女儿把自己卖给这个男人。他还让妻子参与他焦虑的家庭游说，其中混合了道德劝说、柔性威权主义、自欺欺人，也坦率承认了自己的真实原因。"你很知道我的心理，"他告诉她说，"对这门只会带给咱们家和咱们公司好处的亲事，我一心希望能早点成功。"他甚至还去调查格仑利希的账簿，得知情况甚佳而感到无比满意。此时布登勃洛克家族的生意正处于瓶颈状况，冬妮能够适时觅得此等夫婿，真是再好不过了。"我们的女儿很适合这门亲事，而且他们门当户对（partie）。"——这个法文词说明一种超越国别的对婚姻的期待：女方带来丰厚嫁妆或是男方带来可观的银行余额。其他的都不重要。

约翰·布登勃洛克用以说服女儿答应这门亲事的有力武器就是家族荣耀，而这也是冬妮自己一向引以为傲的东西。父亲告诉女儿说，她是一个链条中的一环，她负有维系家族荣耀的神圣责任。冬妮还很年轻，虽说未经人事（对性更是一无所知），却比她父母更能看穿格仑利希这个人，但他们告诉她别被自己的情感所蒙骗：她太年轻，缺乏人生经验，她不了解自己的意向是什么——这又是一个例子，说明她的家人对更深层的情感不重视。母亲以自己的经验为例，力劝女儿不要太过鄙夷她的求婚者：时间久了之后，就会对他产生感情，她说："我跟你保证。"然而，冬妮的父母实在大可不必拿布登勃洛克家族的意识形态来告诫她，她向来就很明白这个。

冬妮向家族的教条屈服,这倒反而帮助她解除了曾经对莫尔顿的爱的承诺,不错,她当时的誓言是极诚挚的,只不过家庭的权威敦促她做出不同的决定,她的承诺只得任其慢慢消逝。在冬妮心中想来,她对布登勃洛克家族教条的爱和对父亲的爱已经混合在一起。在一场盛大婚礼之后,新婚夫妻乘坐马车准备去度蜜月,"她忍不住再一次深情抱住父亲,"曼这样写道,"'再见了,爸爸……我的好爸爸!'接着悄声在他的耳根说:'您对我满意吗?'"他很满意,他没有理由不满意。

布登勃洛克家族处心积虑寻求"门当户对"的婚姻,可以说是他们在生活上一个必不可缺的要素。他们把家族和公司紧密连结在一起,冬妮则一直信守这个信条去生活。后来格仑利希流露出的真实面目竟是如此不诚实和不可爱——这时读者忍不住要怀疑约翰·布登勃洛克先前调查他不知道调查到哪里去了——冬妮的父亲前来带她回家,自责曾经逼迫她嫁给一个错误的对象。但在解除婚姻关系时,冬妮坚持不肯拉正濒临破产的格仑利希一把,决定让他去自生自灭。在19世纪末的德国,破产真的就是破产了。她将与这个男人离婚,搬回父母身边。她不但没有责备父亲,反而更加爱他。冬妮在结婚之前,曼写到,对父亲的感觉是"胆怯的尊敬多于温情",但是现在重获自由之后,她为他感到骄傲,深深为他对她的挂怀所感动,父亲也以"加倍的爱"回报她。现在,冬妮最迫切需要的是亲情的呵护,没有什么比回到她爱的第一个对象更让她放心的了。

冬妮的哥哥托马斯的婚姻从表面看和冬妮的非常不同,但实质上还是一样离不开商业利益上的动机。托马斯在阿姆斯特丹实习时认识了盖尔达·阿尔诺德逊(Gerda Arnoldsen),两人一见如故,立即跌入爱河,托马斯马上认定"不是这个姑娘,便谁都不要",仿佛一场浪漫的爱情就要爆发。但是,至少对托马斯而言,激情与严谨的调查是相容的。他写信告诉母亲他已找到最合适的结婚对象,并同时保证绝不会有失"门当户对"的要求,因为盖尔达的父亲家财万贯。这时他连自己都搞不清楚,他想和对方结婚,到底是真的爱她,还是贪恋她家里的财产。他在给母亲的信中承认自己真的已经很热烈地在爱她,"但是我决不想为了辨别清楚她的陪嫁是否也促进了我对她的感情,促进了多少,而去挖掘我的思想深处。关于陪嫁的事我在认识她的当天就听见有人在窃窃私语。"他很确定自己很爱盖尔达,但更确定如果娶了她,家族的财产必定会立即增加不少。这时候,读者们会不太舒服地感觉到,他先前和卖花女安娜的爱情反而比较单纯可爱些。

托马斯和盖尔达结婚之后，他们之间的爱情反而变得冷淡，甚至有点紧张。从表面上看，他们之间的和谐似乎是建立在某种心照不宣的相互容忍之基础上，这恰好为盖尔达提供了一个可以保有自由和沉默的空间。这看来有点奇怪：盖尔达的外貌，一如曼所细心刻画的，应该可以说是更为热情的样子才对。她身材高挑，体态丰满，红色头发（一般认为这是情欲之火的象征），一口洁白闪亮的牙齿和一个极性感的嘴巴，整体看来，说得上是一个"优雅的、怪异的、迷人的且又神秘的美人"。她虽然出身于北方，在外貌上又多少流露着一种异国风味，很像被托马斯在家乡抛弃的安娜。盖尔达的眼睛光洁明亮，闭起来的时候，眼窝上会被细微的淡蓝色阴影笼罩，仿佛暗示着某种黑暗的秘密或是不知名的威胁。以曼的表现方式，这圈蓝色阴影是注定要遗传给未来儿子的特征。《布登勃洛克一家》所有的主导动机中，盖尔达和汉诺带有阴影的眼睛是最有预兆性的。它同时也强调了这部小说的中心主题，亦即小说的副标题——"一个家族的没落"——贯穿全书之中。

镇上许多人曾为这场婚姻感到迷惑，但大家仍不得不承认，这是一场基于爱情而结合的婚姻，但这样的看法却不免显得肤浅。曼写道:"关于爱情,关于人们所了解的爱情,大家会发现,这样的爱情很少存在于他们之间。从一开始,我们只会注意到存在于他们之间的,与其说是爱情,倒不如说是礼节,两人之间的关系维系着一种互相尊敬的礼节,这在夫妻之间很不寻常",倒未必是疏离的迹象,而是一种奇特的、"沉静而深邃的相互亲密关系"。一开始的时候,这种说法也许正确,但是几年过后,这对夫妻选择分房睡觉而正式宣告这种沉静无言的亲密关系之终结。批评家的职责不包括猜测作者的意图,但一个现实主义者也有义务不破坏事情可信度的法则,看着这一对不可理喻的夫妻,我们忍不住想知道,盖尔达是怎样看待她的丈夫的。

盖尔达可以说是整部《布登勃洛克一家》所创造的人物中最令人感到迷惑的一位。曼总是不肯走入她的内心世界告诉我们她在想什么,甚至还把她描写成跟别人老是保持着距离。文本中她几乎总是以间接引语的方式发言。和她的丈夫比较起来,她的丈夫的焦虑沮丧如何越来越深,神经质如何越来越重,以及未老先衰的现象如何越来越明显,曼都会花费许多笔墨去加以描写铺叙,但对盖尔达则否,她像个有待破解的密码。当她和家人聚在一块时,总是静静坐在一旁,手上拿着刺绣,闪动着她那为蓝色阴影所围绕的警惕双眸,注视着在聊天或争吵的家人，从来一言不发。作者让她唯一一次较长的发言，就是批评她丈夫对音乐的无知，她语带讽刺地说："托马斯，我要不客气地指出来，你对音乐这门艺术，实在一点都不了解。"然后是一篇温和但毁灭性的长篇大论，极力驳斥丈夫在音乐方面的不当观点。

盖尔达非常热爱音乐，而且在这方面也非常专业，也许正是由于此一理由，使得她对唯一的儿子汉诺特别爱护。另一方面，她和自己的父亲也很亲近，这是她生命中另一个重要的男人，他们会那么亲近的理由很简单：她很喜欢和他一起演奏小提琴二重奏。也许因为她和父亲太过亲近的关系，所以拖到27岁还未出嫁，直到那年碰到了托马斯，才终于离开父亲。她和托马斯一起过了18年的婚姻生活之后，她开始和一位名叫封·特洛塔（von Throta）的年轻少尉过从甚密，托马斯对这件事情简直是醋意丛生。她和年轻军官会爆发出情意继而频频幽会，是因为他们都极喜爱音乐，音乐把他们拉拢在一起。她的丈夫始终无法肯定音乐的价值，顶多把音乐看成消遣娱乐，这使得她不得不把他从自己最深层的感性世界中驱逐出去。

托马斯这位对手，如曼对他的描绘，绝非泛泛之辈，他会弹钢琴、会拉小提琴、中提琴及大提琴，也会吹长笛，而且是"样样精通"。每当这位令人畏惧的宾客到访时——他总会谨慎避免和托马斯打照面,托马斯只能无助地坐在办公室里,静静聆听"从他头上客厅里传出波涛澎湃的钢琴声。那声音像歌唱,像哀诉,像神秘的欢呼,仿佛绞着双手伸向太空,在彷徨迷惘的兴奋之后,又复低落到较弱的呜咽声里,沉到深夜和寂静中",这可真糟,但更糟的是,托马斯必须忍受那继之而来的寂静,楼上"一阵漫长的寂静",完全的沉默,没有脚步声,"托马斯就坐在那里,感到无限恐怖,常常会不由自主地呻吟出声来",楼上那两位音乐的狂热分子是否正在暗通款曲?曼比谁都清楚,但是他没有写出来。

我们知道,19世纪中产阶级的文化活动中,音乐占据着一个相当重要的地位,许多人不仅喜爱听音乐,甚至会努力去实际练习音乐,充分表现出对音乐的热爱。当时一些出版商为投一般大众所好,会出版各式各样的乐谱,包括很受欢迎的为两人或四人合奏的钢琴乐谱,还有序曲或抒情曲之类,甚至交响乐等等。一些有才华的业余音乐家由此获得了为音乐厅创作的作品。在那个时代里,钢琴、小提琴和声乐等,在许多资产阶级家庭里,经常正是欢乐和文明教化的泉源。有很多时候,适婚的少女会从这些场合中寻觅到自己所属意的郎君,而一个未婚的年轻男士,只要他拥有一副迷人的歌喉或是动听的大提琴演奏水平，他不但会在中产阶级家庭大受欢迎，甚至还会成为婚姻选择的热门对象，尽管他们心里未必有这个打算。托马斯·曼本身即是个出色的小提琴手，我们从他的短篇小说或是一些论文可以看出，音乐的重要性对他而言，就像宗教对信徒而言一样。在《布登勃洛克一家》这部小说之中，音乐更是扮演着绝顶重要的角色，甚至像是个爱神的代理人，总是令人振奋，总是冒险，总是以令人不安的方式闯入世俗的中产阶级活动之中，成为一种谴责。小说最后，盖尔达在丈夫和儿子相继死去之后，黯然回到家乡阿姆斯特丹和父亲再度重拾一起演奏小提琴二重奏的乐趣。

《布登勃洛克一家》一书中的接吻未必有什么色情意味，但曼在小说中处理音乐的方式，本质而言则会令人感觉到这是一部深刻的色情小说。只是这种特质出现在一些出人意料的地方。音乐根植于人类性爱行为的观念，最早可见诸柏拉图的《会饮篇》。曼在他的第一个长篇作品中将此观念发扬光大。他在书中唯一承认的高潮时刻就是汉诺在演奏钢琴的时候。他以一种羞怯的方式品尝着从音乐中流露出来的性爱的快感。那是他8岁生日的时候。虽然他练习钢琴的耐心很有限，进步也很缓慢，但是他喜欢自己谱出可以延长并加强快感的音乐。他望着键盘，幻想着即兴谱出一些小曲子。其中有一首的尾声非常违反正规的弹法，他那位温和而保守的钢琴老师要求他修改，他却执意不肯。

他要在全家人面前演奏自己的得意创作，他因为太过兴奋而脸色发白。"现在弹到结尾部了，弹到汉诺最喜爱的那一部分了，这里他用一种童稚的奋扬法把全曲引上了最高峰。在提琴的圆珠滚落、流水淙淙的声音中，E小调和弦用柔弱的力度像银铃般清脆地震动着"，他的母亲在一旁用小提琴为他伴奏着，"接着这声音增强了，扩展开，慢慢地越来越膨胀，汉诺开始用强音引进那不协和的C的高半音，又回到这个曲子的基调上来。当提琴又响亮又流畅地环绕着C的高半音鸣奏着的时候，他又用尽一切力量把这一不协和音的强度提高，一直提到最强的力度。"

演奏到这里时，汉诺并不肯就此结束，"他迟迟不肯把这一不协和音分解，很久、很久地让他自己和听众继续玩赏着。将要是什么样的分解呢？将要是怎样一种使人神痴心醉地回入B大调的还原呢？啊，那将是一种至高无上的幸福，将是一种无比甜美的喜悦，是平和！是极乐！是天国！……还不要完……还不要完！还要犹豫一刻，延宕一刻，还要一分钟的紧张，一定要使那紧张程度到了不能忍受的地步再缓驰才来得更为甘美……让人在这如饥似渴的恋慕中,在全副心灵的贪求中最后再忍受一分钟的煎熬吧!让意志再克制一分钟,不要马上就给予满足和解决,让它在令人痉挛的紧张中最后再受一分钟折磨吧!因为汉诺知道,当幸福到来的时候,也只是片刻就要消逝。"背负着这等早熟的智慧,才8岁大的汉诺已经懂得如何以此释放自己,"汉诺的上半身慢慢地挺伸起来,他的眼睛瞪得非常大,他的紧闭的嘴唇颤抖着,他痉挛地用鼻孔吸着气……最后,幸福的感觉已经不能再延宕了。它来了,降落到他的身上,他不再躲闪了。他的肌肉松驰下来,脑袋精疲力竭地、软绵绵地垂到肩膀上,眼睛闭起来,嘴角上浮现出一丝哀伤的、几乎可以说是痛苦到无法形容的幸福的笑容。"曼继续描写,小提琴为小男孩从头到尾不停伴奏,母子两人的双重奏一直到高潮点才完全停了下来,快乐而疲惫。儿子进入了母亲一直拒绝丈夫进入的亲密领域。①

对一个8岁大的小孩而言,这样的色情经验未免显得太早熟了些。然而,不管是否过于早熟,无论是表现个人独自还是和伙伴一起进行的满足之寻求,这里所描述的毋宁是一

---

① 音乐学者沃尔特·弗里希(Walter Frisch)曾跟我指出,汉诺在此演奏幻想曲的方式,几乎就是瓦格纳《特里斯坦与伊索尔德》一剧中"特里斯坦和弦"的文字转化,显然这里是曼向瓦格纳所呈现的至高敬意之表现。

种取决于技术之运用,以延宕性爱之圆满的行为。就曼的写作技巧而言,此种描写方式不妨看成是一种主导动机的运用,他在一生的写作生涯之中,可说相当醉心于此种方法。在小说后面的部分,他也重复了在性爱主题上面的表现。上述汉诺八岁生日的演奏会之后七年,亦即他15岁那年,曼特别花费许多笔墨描写他在学校中典型漫长一天的学习生活之后,继而描写他回到家里之后如何体验"狂欢"(orgy)的经验——曼正是使用这样一个字眼,他再度即兴弹奏钢琴,但这次没有母亲为他伴奏。他探索着自己设计的一个主题,就像他先前那次的创作一样,这个主题简单而狂放不拘,他再度用一种拖延与奖赏之间的矛盾方式控制住高潮,曼这样写道:"他的演奏是一种欲望的沉溺。"主题以一种"奔腾而起的噪音"不断上升和下降来回反复,然后一直努力往前奔向"一个神秘的目标。这个目标一定要显现出来,在这一刹那就要出现,在音乐已达到可怕的顶峰的这一刻,因为这时那如饥似渴的恋慕之情已经一刻不能再挨了……而它果然来了,它已经无法再控制自己了,渴望的痉挛已经不能再拖延了,它来了,仿佛一块幕布倏地被撕碎,仿佛门一下子被撞开,仿佛荆棘的篱笆被砍倒,一堵火墙塌陷下去"。之后是一阵极喜悦的终结和完成。最后汉诺又再度奏响第一个主题,形成一种狂欢式的乐音,混合着粗鲁和庄严,同时,某种苦行和宗教的东西夹带着乖戾的不满缓缓出现,直到他从音乐中吸吮了最后的蜜汁,变成疲倦,甚至厌恶。他静静地坐在钢琴前,下巴贴在胸脯上,双手放在膝盖上。再来是吃晚饭,饭后和母亲下了一局棋。之后他回到自己的房间去独自坐在风琴前,安静地在幻想中弹奏,直到午夜。经过一整天的折腾之后,第二天汉诺染上了伤寒。

在读到这一段感官的音乐骚动之时,我们会再次想起奥芬巴赫的《霍夫曼的故事》里的安东妮亚,她也是让魔鬼把她诱向发狂的地步,走向一段自杀式的音乐演奏,她心里很清楚,她是在自取灭亡。但曼在此翻转了这个故事:汉诺注定要死,所以曼才让他拥有音乐才能。他对音乐的着迷可以说是他与先祖们资产阶级世界隔阂疏离的症候,这是资产阶级世界无可避免的衰落的信号。

Ⅲ

爱神以死神的姿态侵入《布登勃洛克一家》的故事之中,它使用非正统的方式,有些飘忽和胆怯,但绝不失误。这整个过程看来像是意外发生,所以不太会引人注意。但像托马斯·曼这样一个自觉性那么强的文体家，绝不会无端把笔墨浪费在毫无作用的细节或意外上面。汉诺染上伤寒之后，躺在病床上奄奄待毙，命在旦夕，这时小说已经接近尾声了。他已认不得任何人，直到他在学校最要好的同学凯伊（Kai）出现在他床前。凯伊和汉诺一样，都不喜欢上学，他们之间的感情特别要好，以致形成和别的同学格格不入的小团体。当凯伊出现在他床前并轻声呼唤他的名字时，他听到对方的声音，微笑了一下，他知道来看他的人是谁，随后凯伊不停吻着他这位垂死朋友的手。在小说结束之前，布登勃洛克家的女人们谈到汉诺和他的病，也谈到这怪异而感人的一幕，而且作者提到，这一幕引得大家沉思了好一会儿。

曼并未进一步透露她们所沉思的内容是什么，但这一段小插曲却值得我们注意。曼自己的父亲曾经是吕贝克地区的参议员和谷物商人，他死于《布登勃洛克一家》出版前十年，当时曼才16岁，父亲死后，母亲带着孩子们迁居慕尼黑。曼的父亲在遗嘱里交代他死后要把公司解散，因为他早已看出大儿子亨利希和二儿子托马斯都不会是有任何作为的商业人才。多年后，托马斯·曼每谈到这件事情总会深觉愧疚，让人觉得他有此感受是因为自己并没有成为一个好儿子，继承家业去做商人，反而献身文学事业成为了一个作家。

这种解读是有道理的。曼多少不太感觉得到，他始终都是以吕贝克的贵族自居，但他对父亲所产生的愧疚感不单只是他不能继承家业而已，背后还隐藏着另一层事实：他一直被自己的同性恋倾向折磨着。1901年《布登勃洛克一家》预备出版之际，他在给哥哥亨利希的一封信中曾把这部小说定义为是音乐、形而上学及青春期色情的综合，同时又对哥哥透露，他的抑郁已被一桩"心灵的喜悦"排解了。这桩心灵的喜悦和画家埃伦伯格（Paul Ehrenberg）有关，但他跟哥哥强调说："这绝不是一则爱情故事，至少绝不是一般人所认定的那种，而是一种友谊——哦，真难想象！——一种互相理解和互相敬爱的高贵友谊。"

埃伦伯格并不是曼最早的爱恋对象，1931年他曾回顾说，他中学时期的同学马顿斯（Armin Martens）才是他真正的"初恋"。那是1889年的事情，曼当时14岁。"我生命中再也没有遇到过那么温柔，那么幸福又那么痛苦的人。" 1955年，曼去世那年，他对一位朋友谈起自己少年求学时代时如此坦诚地说道，"这听来有些荒谬，但我把这段纯真激情的记忆像宝藏一样保存了下来。"在《布登勃洛克一家》一书中，他把马顿斯（Martens）改为莫尔顿（Morten），化身成年轻的大学医科学生，也就是书中女主角冬妮的初恋情人。

在曼的青少年时代，当他发现自己的倾向之时，那时候的同性恋爱情，如王尔德的恋人道格拉斯（Lord Alfred Douglas）所说的，是一种不可告人的爱情。在曼一生之中，同性恋从未真正受到肯定和认同，即使在一些前卫艺术家圈子里亦然，哪怕他们的自由程度比一般资产阶级更强。当时法国作家纪德敢于公开表露自己这方面的"倾向"，算是了不起的例外。1900年左右，曼有时会跟一些最亲密的朋友透露自己的倾向，但又赞扬禁欲主义，并且似乎亲身实践。他宣称，所有的性爱都是可憎的；他说，一个严肃的文学家应该避免去触碰性爱。

然而，他对男人的感情虽然有所压抑，却还是会忍不住蠢蠢欲动，他身上的女性认同（暂时借用精神分析的术语）会入侵他的男性认同而取得主导地位。第一次世界大战期间，他有过长时间的同性恋渴望，之后也有间歇性的记录——有一阵子他发现他的大儿子克劳斯·曼（Klaus Mann）越长越帅，他在日记中坦承，自己竟也忍不住爱上了他。甚至在1950年，他已75岁，在瑞士苏黎世的一家旅馆里竟迷上一位长得很帅的服务员，每天都渴望见到他，那位帅哥名叫弗朗茨（Franzl），有好几个月时间，他的日记几乎每天都在写他。

另一方面,如果说曼不喜爱女人,这恐怕也不是事实。他颇能欣赏美丽的女性,特别是有头脑的那一种。他的太太卡蒂雅·普林斯海姆(Katja Pringsheim)即是一位这样的女性,既漂亮又聪明。他经过一番长期的追求才获得对方的芳心,他们于 1905 年结婚,婚后生了六个儿女。只是曼在日记中透露,他对太太的感情始终都很冷淡,只能用相敬如宾来形容。卡蒂雅的父亲是百万富翁,但并不影响他对她的感情态度。他和自己笔下的托马斯·布登勃洛克一样,尽可能地爱他选择的女人。他在日记中也同时透露,卡蒂雅颇能宽容他在床上的失败以及他复杂的色情历史,他认为,他们之间的关系大体而言还算是相当性感的。

不管他对性的要求如何,他都学会了如何将其升华。早年他尝试以实验性手法写一些短篇小说和诗,1897 年 22 岁时以短篇小说《矮个儿弗里特曼先生》(*Der kleine Herr Friedemamm*)引起大家的瞩目。"这是一大突破。"他如此称呼这篇作品,这篇小说的成功带给他极大信心,感觉在文字掌握、情节和人物的处理上更加得心应手。"有一阵子,"同一年他写信给好朋友劳托夫(Otto Grautoff)这么说,"我感觉到已经得心应手,好像已经寻得自由表达自己的方法和媒介,可以全然活得充实。过去我必须靠写日记来释放自己的隐私,现在我发现可以靠小说形式,好像戴面具一般,对群众抒发我心中的爱、恨、同情、轻蔑、骄傲、责备以及控诉等等。"——他可以再加上一样,"还有我的性欲。"借着戴上这副面具,他可以发泄,同时掩饰自己的同性恋欲求。

有时候,他在没有人怀疑的地方也表露了这些欲望的存在。1919年,他出版《一位非政治人物的反思》之后一年,在日记中写到,这本谈论文化和政治的书,毫无疑问也是他"性倒错的记录"。曼的小说读者都会注意到,他喜欢在小说中表达青少年的同性恋情感,只不过都没有结果而已,比如托尼奥·克勒格尔对汉斯·汉森,还有《魔山》里头的汉斯·卡斯托尔普对普里比斯拉夫·希佩,还有曼最著名的中篇杰作《死于威尼斯》里头的男主角阿申巴赫对美少年塔齐奥的迷恋,以至于死。其实,在《布登勃洛克一家》的结尾,凯伊不停吻着他那垂死朋友汉诺的手,说来正是曼早年在这方面不安良心的细腻倾诉。

我们对曼在性方面的矛盾情结的研究有助于了解他为什么会对他那显赫的家族历史表示敌意,这里头牵涉到心理学的、文学的和社会的需要及不满之混杂要素。在《布登勃洛克一家》一书中,这些混杂要素表现在书中两兄弟托马斯和克里斯蒂安的对立冲突上。两兄弟的处境有时被看成作者个性的两面，有时被看成是现实生活中作者和他的哥哥亨利希的真实对立情况。不过，这样的看法对曼的分裂性格的说明又会显得太直接也太简单。他们两兄弟所争执的问题在层次上更高。小说中的克里斯蒂安在生活上和事业上都一败涂地，基本上是一个有精神问题的浪子典型，他所结交的朋友都是一群贵族浪荡子，还包养一个不名誉的女人。托马斯的情况截然不同，他在生活上和事业上都自律很严，而且热心公益。每个人都以自己的方式不快乐。两兄弟都有各自不同的处理生活的方式，活出了两种不相容的生活：他们一个是中产阶级市民，另一个是浪荡的波希米亚人。

两兄弟早已水火不容，最后终于为了母亲的遗产问题而爆发严重争执，一发不可收拾，以致反目成仇。母亲的遗体还停放在隔壁房间，尚未入殓，两兄弟就为了分遗产的问题怒目相视。对一个商人家庭来说，这象征着孩子们爱的不是她，而是她的财产。克里斯蒂安怀疑哥哥要霸占母亲遗留下来的珍贵银器而引发一波接一波的争吵，这当然绝不是只关系到如何分几支银汤匙和银茶壶的问题，还牵涉到各自不同的生活方针的问题：一个没命地投入工作，另一个心不在焉投入玩乐。托马斯工作认真，律己甚严，但有时也会对生活和工作产生厌倦的心理，想从所扮演的社会和家庭角色上退下来，抛弃一切，躲到某个角落去过宁静的安逸生活。他那僵硬的上唇——曼不止一次这样描写他的表情——已然显现极度的失望和疲惫，"我已经变成现在这样一个人了，"他带着感伤的口吻跟弟弟说，"因为我不愿意成为你这样的人。如果我内心里曾经躲避过你，是因为我必须提防着你，因为你的本性、你的举止对我是危险的……我说的是实话。"在这场兄弟对决的过程中，托马斯的太太盖尔达一直在旁边静静观望着，她的丈夫有想到花店那位卖花女安娜吗？

曼像奥运会的裁判，以极公允冷静的笔调写出了这对兄弟的争执过程。他们两个人都有很大缺陷，克里斯蒂安最后贫病交迫死于一家精神病院，比托马斯的缺陷更明显。但托马斯的下场也好不到哪里。我们看到他在死前几年活得越来越痛苦，表面上他必须装得像个精明干练的商人与快乐和蔼的丈夫，借以掩饰自己内心的深层悲哀，实际上，他心里多么不想忍受自己那冷漠的妻子、令人失望的儿子、陷入困境的生意以及毫无意义的公共义务。"他的内心感到无比空虚，他看不出有任何可以激发内心喜悦和满足的计划与活动。"他的对手，那个更现代、更不讲原则的资本家正迎头赶上，势必给他羞辱。他变得越来越肥胖，晚上为失眠所苦，经常感到疲乏倦息，而且老是感到焦躁不安。特别是那位叫封·特洛塔的年轻少尉军官，没事就出现在他家中——对任何人来说这都已不是什么秘密——在当地爱说闲话的人那里，他已经成了笑料。

就在他死前不久的某一天，他在无意中终于寻到了一个为自己解脱重负的机会。曼对这一段的描写极为得意，并借此证明《布登勃洛克一家》优于一般家庭记事小说。托马斯无意中从书架上拿下一本书，他想起来，这是他许多年前从一个书商那里用很低的价钱买来的一本著名哲学著作的第二卷。他把书带到花园里，一页页读下去，他还不知道他所读的正是叔本华的哲学名著《作为意志和表象的世界》，因为扉页不见了。他被深深吸引住，由于不习惯阅读哲学著作，他对书中的讨论不甚能够掌握理解，直到翻到谈论死亡的那一章，一个字一个字仔细读下去，他已经很多年没那样认真读一本书了。

他兴奋得全身麻木住了，他带着愉悦的快感上床，还轻轻抽泣着，他感到突然从这个世俗世界的束缚里解放了。个人、琐碎的烦恼、嫉妒，这些东西有什么意义呢？"我本来希望在我的儿子身上活下去吗？在一个比我更怯懦、更软弱、更动摇的人身上？这是多么幼稚、荒谬的想法啊！我要儿子做什么呢?我不需要儿子!……我死了以后,在什么地方?这是了如指掌,简单得无以复加的事!我要活在所有那些曾经说过、正在说和将要说'我'的人身上,特别是在那些更饱满、更有力、更愉快地说这个字的人身上……"他哭起来,把头埋在枕头上说:"我要活下去!"但是第二天早上醒来,他发现自己又落入了原来生活的窠臼里。他也想继续读完这本书,因为它为他提供了全新的生活和死亡的方式,结果他始终未再触碰那本书,那本书的作者对他的要求太高了。"他的市民天性,"曼写道:"对这种假定表示反对。另外他的虚荣心,也蠢动起来:他害怕扮演这样一个奇怪的滑稽角色。"托马斯错失了逃离自己命运的最后机会。①

---

① 第一次世界大战结束之后,托马斯·曼的生命观有了大幅度改变。1929年,他在一篇题名为《论德国的共和》的颇有争议的演讲中,特别强调,他对死亡的着迷已经过去了。1925年,他在《魔山》一书中,透过主角汉斯·卡斯托尔普说出一段著名的话:"为了良善和爱的理由,我们不应该让死亡的念头盘据我们的脑中。"对曼的心路历程的发展而言,这是值得注意的,但对研究他作品的历史学家而言,从《布登勃洛克一家》着手去研究,也可以不关注这些。

IV

托马斯·曼在写作《布登勃洛克一家》之时，考虑到了当时前卫艺术和传统生活的对立。他认为当时的艺术——小说、诗歌、绘画、音乐以及其他高层次的文化——都是资产阶级的死对头，而资产阶级是"庸俗"（philistine）的同义词。基于这种无解的冲突，他坚称资产阶级在面对这个挑战时，并不信任任何想要摧毁自己的艺术，并且竭尽全力吸收或摧毁它。这样的艺术是爱的兄弟，两者都是非理性和颠覆性的力量，会干扰到资产阶级平庸的、井然有序的舒适生活。

但即使早在1901年，曼也并不赞同艺术和唯物主义、热情和理性以及疏离的波希米亚风格和贵族的坚固堡垒之间的彻底对立，显然他心中存在着一种极矛盾的情结。一方面他无法把自己和他继承的遗产完全分开，"我是一个市民（Bürger），是德国中产阶级文化的子孙。"他这样写道，他的祖先曾经是纽伦堡地区的工匠，以及"神圣罗马帝国的商人"。他为此骄傲。但他同时看出，市民阶层——不屈就的、老式的、非常德国的，和中产阶级——流动的、不墨守成规的、非常法国的，此两者之间是互不相容的。我们知道他很看重他所创造的托马斯·布登勃洛克这个人物,他认为他像个现代英雄,听来不可置信,他是一个从市民阶层转型到中产阶层的人物,其中艺术的诱惑发挥了一定作用。曼自己也说过,他不能也不想成为他的父亲及祖父那样的商人。

我们不妨看一下曼最成功的一个中篇作品《托尼奥·克勒格尔》,这部在《布登勃洛克一家》完成后创作的小说可以衡量曼的复杂心理的深度。这两部作品是基于同样的心灵背景的产物,同时这部中篇是他个人最得意的一篇作品:1931年,当时曼的重要作品都已相继出版,包括《魔山》和《死于威尼斯》,他称《布登勃洛克一家》是"我最受欢迎的作品,而且未来也将会是如此",他接着补充说:"但是在我的心灵深处,我最看重的还是《托尼奥·克勒格尔》这篇作品。"这层理由不难理解:这是曼的作品中最具自传色彩的一篇,也是最能细腻反映高层次文化和中产阶级生活之间关系的一篇作品。托尼奥是一个来自德国北部地区的贵族之子,他因为爱好文学而前往意大利,然后又来到慕尼黑——刚好都是曼自己亲身经历的写照。

当他从意大利回到德国之后,依然觉得自己像个局外人,有一次他和一位好朋友,一位叫作伊凡诺芙(Lisweta Iwanowna)的女画家,坦诚而广泛地谈起自己对生命的热爱以及想选择文学为终身志业而引起的内心不安,因为他觉得文学不是一种职业,反而是一种诅咒。从事文学工作只会带来孤独和不安全感,同时会丧失一般人所拥有的快乐和安全的感觉。这位画家针对他的哀叹这样坦诚回答:你是个资产阶级,是个走上歧途的资产阶级。他虽然感觉受到一点点的伤害,却又无法否定。半年后,他又想到这件事,就写了一封信给女画家:"我站在两个世界中间,对它们都不习惯。"他告诉她,他的人生因此陷入了困境,主要的问题在于他是个资产阶级,不管怎样地迷失,毕竟还是个资产阶级,而且因为他热爱"人性、生活以及普通事物",他相信可以成为一个严肃的作家。托尼奥——也就是曼自己——在此似乎在暗示,他可能在两个对立阵营之间寻找到和谐的平衡点。

可是这个和谐的平衡点却必须等到多年以后才出现——对只熟悉《布登勃洛克一家》和《托尼奥·克勒格尔》的读者而言,曼的这个和谐平衡点来得太晚了。而且这中间还经过第一次世界大战压力的威胁,他当时受到爱国主义热诚的激励,同时感觉到德国内在的品质和道德水平正受到功利的商业社会的腐蚀,于是他退到绝对、原始的对立姿态:朋友对敌人、同盟国对协约国、艺术对庸俗。他那本出版于1918年的《一位非政治人物的反思》一书,有一部分乃是为驳斥他那位偏向自由主义和世界主义的哥哥亨利希的政治观点而发,他必须等到20世纪20年代初期才开始倾向于认同魏玛共和国,当时这个共和国在民主政治上的实验招来许多反对和憎恨,只有少数人给予温和的拥护。

曼在撰写《布登勃洛克一家》的时代,主宰他在政治和文化上的观点的,是一种极端的对立观念,这令我们联想到更早之时福楼拜那种极度憎恶资产阶级的态度。不过这位《包法利夫人》的作者有时候倒是颇能自我解嘲:他会为他后来所创造的两位资产阶级人物布瓦尔(Bouvard)和佩库歇(Pécuchet)辩护,他们是白痴没错,但他们毕竟是他所创造的白痴。他甚至还会随意地把他的出版商夏庞提耶(Charpentier)和他的家庭排除在资产阶级的行列之外,在这方面,他很少有头脑清晰的时刻。托马斯·曼和福楼拜不一样,他很快就克服了他的偏见。

对历史学家而言,这绝不会是最后的定论。不管曼如何宣称他的《布登勃洛克一家》预见了韦伯和其他社会学家的研究,并提供了现代市民阶级的集体肖像,但他的第一部大作仍然是一份高度个人化的证词,甚至比我们初读时以为的还严重。在他那个时代,很少有德国中产阶级的遭遇是像布登勃洛克家族那么悲惨的,也很少像哈根施特罗姆家族上升得那么快的，最主要的是，曼并不是从客观中立的观点去描写这个家族的传奇故事。

曼写这部小说并不需要经过狄更斯和福楼拜的引导，他以自己的方式写出了这本书，而他写这部小说是出于一种报复的心理。他的两位前辈狄更斯和福楼拜都直面社会，然后发现他们身处的社会弊病累累，才各自写出伟大的小说来表达他们在政治上的愤怒和憎恨。曼的情况也是，他曾经如此坦诚地说道："毫不容情的准确描写，"1906年他提到《布登勃洛克一家》时说，"是艺术家对其经历的崇高报复。"——是对儿子不肯继承他的家业而感到失望的父亲的报复，也是对一个期待他更有男子气概的体面社会的报复。

曼在生命中的最后一些重要举动更加清晰地说明了他的报复主题。他在死前不久特别销毁了自己的几本日记，其他剩下的部分提供给曼的传记作者去研究，其中比较隐密而较引人兴趣的部分是：曼的同性恋倾向。但是这却引发了另一层疑惑：他为什么没把这些部分一并销毁呢？这些部分还必须等他死后20年才正式公开，他到底要后人怎样看他呢？为什么？我认为这些残留的日记是他对读者以及他自己家族的一种报复，这是一个叛逆贵族的最后举动——我们可以感觉到他那讽刺的微笑。

结语

小说的真相

I

1913年，普鲁斯特的《追忆似水年华》第一卷《在斯万家那边》刚出版不久，他为自己那种自由自在的创作力量洋洋得意，他告诉一位访问者说，小说家透过写作小说而创造了一个新的世界。韦斯特（Rebecca West）女士截然反对这样的看法："这种该死的东西有一个就够了。"普鲁斯特把小说家提升到一个神圣的地位，这有值得赞赏之处；史蒂文斯（Wallace Stevens）等重要现代诗人也赞同这种说法。但是韦斯特女士有她反对的理由，现实主义小说家所创造的世界和历史学家的世界一样，都是透过他们自己的逐步描摹而产生出来的。毕肖普（Elizabeth Bishop）对诗人的精妙形容一样适用于小说家：他们把想象的蟾蜍放到真实的花园里，这些蟾蜍看起来甚至也像真的了。

这种现实主义的观点提出了对于小说中的真实以及历史中的虚构的问题，这也正是我在这篇结语中所要探讨说明的问题。这是一片深水，我只能在其表面稍稍涉猎而已。看来这会如培根（Francis Bacon）在《论真理》中所说，"善戏谑的彼拉多"（jesting Pilate）对这一问题的回避态度似乎倒是明智的。他问道："什么是真理？"然而未等到回答便离开了。在大多数当代的文学批评家和被知识问题困扰的历史学家中，如何定义"事实"（fact）和"真理"（truth）这样的整体术语仍然是相当有争议性的问题。

我们这个时代的哲学家反而没有这方面的问题。除了一小部分实用主义者之外，大体而言，一般都会诉诸批判性的现实主义，认为不管有怎样的对正确观察的阻碍，或是自我蒙蔽的诱导，一个不为人的心灵所左右的真实世界是永远存在着的。这种该死的东西有一个就够了。我们不能因为真理不可捉摸或事实不容易确定，就认定这些东西不存在。好比说树林里有一棵树倒下去了，没有人注意到或刚好有一个人经过看到了，它倒下去所发出的声音都是一样的。唯心主义哲学坚持认为"这个美丽的世界乃由我的心灵所创造"，波普尔（Sir Karl Popper）无法苟同，他认为这是自大狂的讲法。有许多别的哲学家也说过类似的话，只不过态度比较含蓄罢了。

甚至像库恩（Thomas Kuhn）这位20世纪最具影响力的

科学史学家和科学哲学家，即使他关于范式转换的勇敢言论被相对主义者盗用，他实际上坚持认为外在世界是一种客观真实的存在，并非是建构或发明而来。英国哲学家摩尔（G. E. Moore），人家问他如何证实外部世界的存在，他只简单伸出双手。当然还有其他更世故的方法可以证明这个断言，但在专业处理这些问题的学者中，真理和事实的真实性基本上没有争议。

我预备从现实主义这个角度来思考对于历史学家的"真实性"主张的两种批评，一个很古老，也很具尊崇地位，另一个很新，很具颠覆性。这两种批评除了都与历史女神克利俄（Clio）的信徒有严重分歧之外，并无共通之处。第一种批评认为小说家和诗人比历史学家、档案资料研究者等更能够掌握到较高层次的真理——也就是说更深奥的真理。亚里士多德在《诗学》一书中不是说过，诗比历史更具哲学性和重要性吗？米兰·昆德拉对这一论调提供了一个现代版本，他说："我要一再强调，小说的唯一存在理由就是说出只有小说才能说出的话。"小说的此一"激进自主性"才使得"卡夫卡能够说出社会或政治思想所说不出来的有关人类处境的事实"。可怜的历史学家，他们只能跟在只有小说家才得掌握的真知灼见后面摸索前进！

撇开他们的专业偏见不谈，亚里士多德和昆德拉把小说提升到超越历史的地位，不能不说是一种吸引人的论调。对小说读者而言，他们的确会赞同这样的说法，小说家为他们阐述这个世界上人类的行为模式，还有他们与他人、与自己相处的经验，这的确很容易引起深刻共鸣：人们正是这样在生活！他们正是这样在爱和恨！他们正是这样在下决心或犹豫不决！我们只要稍事浏览一些著名小说家令人印象深刻的作品，便可看到他们如何安排角色并对人性提出敏锐的洞察。陀斯妥耶夫斯基对犯罪和救赎的深刻探索，普鲁斯特对嫉妒之爱情所衍生的灾难之详尽刻画，亨利·詹姆斯对最细腻思想的解剖，这只是三个发现真理的卓越例子，其他例子当然还有很多。我想到弗洛依德并不愿意承认他是发现无意识的人：他强调具有想象力的作家——诗人——早就在他之前发现了无意识，他只不过是将他们的直觉变成科学而已。不能否认的是，具有想象力的人能够透过他们的创造性想象力看到一个眼睛看不到的世界，不过我还是认为，适量的知识必有助于此一想象力的发挥。

我另外要强调的是，当我们在赞赏小说家的洞察力之时，我们指的乃是他们在心理学方面的敏锐。就在伸入这个广阔领域之际，研究个人心灵和集体心理状态时，小说家和历史学家碰在一起了。不管历史学家要不要承认,他们也都是心理学家,哪怕十分业余。伍德沃德(C. Vann Woodward)在《汤姆·沃森:农民叛乱》(*Tom Watson: Agrarian Rebel*)一书中,描写了一位佐治亚州的人民党领导人的一生,开始的时候,他是一个勇敢的穷人代言人,然后成为以暴民的情感为依归的种族主义煽动家。作者写作时尽力让这个人物更可信。"我没有适当可用的心理学理论,"伍德沃德回顾写作这本书的经历时这样说,"我从未有过任何可以解释谜团的信念。"但他具有敏锐的知性和懂得如何运用他所发现的材料的手法。这本书在说明一个政治人物的心理状态时是那么地卓越出色,可以和沃伦(Robert Penn Warren)的《国王的人马》(*All the King's Men*)相提并论。一样是描写政治人物的生涯,这部小说主要描写休伊·朗(Huey Long)从20世纪20年代末到30年代初统治路易斯安那州的经过("我就是宪法!")。这两本书的作者都是极具才华的作家,一个是历史学家,另一个是小说家。不必分出孰优孰劣,他们的作品透过不同的写作方式,却达到了相同的真理。

第二种批评在近时引起较多争议,因此值得更彻底的讨论。后现代主义入侵历史学家的领域并非出于上述偏见:他们同时否定历史学家和小说家所宣称的真实性,理由很简单,从一开始就没有所谓真理的存在。任何事物,包括历史和小说作品,都只是一个带有许多潜文本的文本而已。德里达这位后现代主义的宗师和他的众多追随者比如像斯皮瓦克,他们坚持认为文本并没有稳定的身份。因此所有的文本,包括历史文本,不管自身看似如何坚固,都很容易受到不同解读的影响。总之,历史学家的现实主义是一种幻觉。

对大多数历史学家而言,看到同行中的后现代主义者把这种情况看成是可喜而不是悲哀的现象,都会觉得这是一件怪事。历史学家能讲述精彩的故事,套用沙玛(Simon Schama)的话来说,"把事件的确定性融解成许多不同叙述的可能性"。这样的论调显然和传统历史学家的智慧相抵触:毕竟,他们接受的训练是尽其所能把不同叙述加以剔除,最后只保留他们心目中最接近真相的那一个。纳米尔爵士(Sir Lewis Namier),这位好斗的研究18世纪英国政治的专家,几年前曾说过历史学家的主要工作是去发现事情为何没有发生。诚然,研究历史的人可能会花费更多精力来拒绝解释,而不是提供解释。

怀特(Hayden White),这位最具影响力的后现代历史学家,把相对主义观念推到极限:"历史事件,"他写道,"应该包含或是展现一堆'真实的'或'活生生的'故事,这些故事只需要被理解或是从证据中提取出来,展现在读者面前,人们就能够一眼认出其真实性。"但这是幻象,是一种"错误的态度,或最多是种误解。故事就像事实的陈述,都是一种语言学的实体,属于话语秩序"。对后现代主义者而言,事实是被创造而不是被发现的,他们的知性先祖最早可追溯到歌德,坚持认为任何事实都已经是一种诠释。作为一种社会建构,它本质上是由占主导地位的社会神话塑造的,这些神话把历史学家(就像小说家一样)紧紧束缚住。偏见、有色眼镜、狭隘视野、盲点等所有这些对客观性的阻碍在人类所有的认知努力中都难以避免,研究历史的人是他们自己个人历史的囚徒。从这个角度看,写历史和写小说几乎没什么两样了。

Ⅱ

为了对抗上述的怀疑主义观念,我必须强调的是,他们认为纯粹的事实不存在,也认定所谓的事实都已经经过偏见的污染,我认为这样的观点是完全不能成立的。每天有数不尽的事实和诠释驳斥它,各派的历史学家都是一致的。姑且不论其本质上的荒谬性，后现代主义者企图把历史学家对真实性的追求贬低成无关紧要的行为，而这样的做法有其后果。这会迫使写作事实的作家和写作虚构的作家互相纠缠不清。我们对几乎不受约束的主观性的时髦主张，会把18世纪以来历史学家所主张的独立自主地位导向倒退，从一个稳固而多产的领地撤退下来。① 历史上有一千年的时间，历史学家由于受到神学的钳制而把历史事件归诸于神的意旨，但18世纪的哲学家们则认为只有自然和人类活动的力量才能改变世界。

这种世俗化的现象有利于历史学家的工作，到19世纪末，历史学家已经颇有自信地敢于把自己看成是科学工作者，他们认定某些强烈的预设——比如知性的、政治的、神学的——会干扰自由的探索行为。19世纪末叶，阿克顿勋爵（Lord Acton）曾经表示过，希望找到法国、德国和英国三方各一位历史学家能对滑铁卢战役的记述达到一致，这种期盼对他那个时代的人而言，虽说很有价值，却还是一种乌托邦

---

① 从20世纪30年代开始的几十年以来，美国的历史学家即为主观性问题所纠缠。1931年，卡尔·贝克尔（Carl Becker）以"人人都是他自己的历史学家"的口号震撼了整个行业。两年后，查尔斯·比尔德（Charles A. Beard）主张"把书写的历史看成是一种信仰的行动"。这两位学者所提出的怀疑主义不难反驳，因为连他们自己都做不到。这导致了一个结果，历史学家在写历史的时候，通常不去理会暧昧不清的哲学问题。

梦想。

上述这层事实说明了历史学家根本不需要后现代主义者来告诉他们，个别的历史学家在研究历史事件时可能会出于（部分是不自觉的）立场而阻碍对历史的客观处理。他们乐于如此做，因为适巧可以借此愉快地指出别人的不公正做法。但是他们会同时认为这是迈向真理之路必须克服的障碍，而不是非服从不可的人性法则。他们会质疑沙玛的"平庸格言"所宣称的"历史知识永远无可避免会致命地受限于叙述者的个性和偏见"。这种说法的确平庸，但"永远"和"无可避免"吗？

一位历史学家在研究题材上的选择通常有迹可循，有的想挑战前人的研究成果，有的则是遵循前人的成果继续扩大研究，有的采取热心姿态去面对一个困难的研究对象，有的则焦虑地去否决它，然而这些只是决定一个研究者的方向该怎么走的部分原因。在一些动荡和灾难的时代——20世纪就有太多这样的时代——历史学家也可能无法摆脱早年的经历。我们遇见过来自极权地区的难民，由于早年的不幸遭遇，竟会忍不住让自己在脱身之后仍持续对此感到惊恐和着迷，因而下半生老是想去了解和诠释，甚至于强迫性地重演他们年轻时代所受到的创伤。

然而，处理一个题材的动机和处理结果，或如科学家所说的发现情境（context of discovery）和辩护情境（context of justification），此两种之间存在着根本区别。诚然，读者很难期待一位罗马天主教徒所写的马丁·路德传记会对他表示同情，同样道理，也很难期待一位拥护英国王室的保皇派作家所写的克伦威尔传记会对他表示赞赏。可是从历史学家必须追究真理的职业训练这个角度看，这样的天主教徒或保皇派作家首先就必须摒除个人偏见，把他们的自传留在一边。他们的专业超我把自己训练成能够预见批评家可能会发现的：历史学家的个人好恶，将不公结论强加于人。批评家的尖锐笔触或同道之间的无情批判，总是会带来明显的清醒刺激效应。

不只有批评家在阻拦偏见的手。早在几十年前，历史学家已经发展出一套防卫的技术，虽然他们不敢保证纯粹的客观性，但至少可以减少制造明显或隐含的偏见的机会。注解和参考书目是对使用的材料的声明，它们可以给大众去仔细检验。这样的做法使历史学家加入了一个具有完善标准的专业协会，这些标准本身也受到了审查。

没有任何程序是无懈可击的。历史学家即使有大量共识，但更以意见分歧著称。当然这不仅仅是流行或非专业心态的表现：一个历史学家可能会动用比他的竞争者所使用的更为突出的资料，有的则会使用非传统的辅助学科（比如精神分析）去研究某一熟悉的主题，然后得出比前面研究者更为深入和丰富的成果。同时，历史学家亦不为伦理观念所摆布，一个历史学家可能相信吃人是错误的行为，但依然试图为食人者公正评判。美国历史学家哈斯克尔（Thomas L. Haskell）曾如此尖锐地下过定论："客观性并不等于公正性。"事实上，在正确情况下，某种看待世界的方式，只会扩大并锐化历史学家对过去的看法，而不是限制它。

总之，历史学家的各种争论（如果没有争论，这个行业就会沦为对普遍接受的事实的枯燥背诵），都是一个无止境的集体事业的一部分，是在努力接近阿克顿勋爵所期盼的理想状况：对过去全面了解后的一致认识。这是一种理想，没有人能否定这种理想，一言以蔽之：在小说中也许有历史，但在历史中却不应该有小说（fiction，按：亦指虚构）。

Ⅲ

那么，小说家最擅长处理何种历史呢？他们通向真实性的最有效方式,乃在于能够在我所说过的大和小以及社会和个人之间穿梭。我们不妨再以托马斯·曼所创造的并将之定位为英雄的托马斯·布登勃洛克这个角色为例来说明,他既是一个独特的、受苦的个体,也是一种社会类型,一个犹豫不安地接受了现代资产阶级命运的市民阶层。根据曼的描写,他有自己独特的生活,这包括他不美满的婚姻、令他失望的儿子、令人厌烦的公共职责、他对叔本华哲学的发现,甚至他那要命的牙疼。但事实上,托马斯所代表的不仅是曼的家乡吕贝克地区的中产阶级生活,他代表了许多的中产阶级。换句话说,小说家最独特、最个性化的人物可能同时代表了更多的包容性现实。因此小说家能够说明的不是事件本身——我一开始即强调过,关于这方面读者需要参考另外的意见——而是历史事件的接受情况。

小说家利用他所创造的一些人物,描写他们的反应,继而能够更有效、更壮观地表现小说中所发生的历史事件,这恐怕要比通过不修饰的单一叙述看事情要有力得多。小说家必须通过单个参与者的眼睛来看事情的发展演进。在司汤达的《帕尔马修道院》(*La Chartreuse de Parme*)中,作者用主角法布利斯(Fabrice)的眼光去描写滑铁卢战役的情况,显得混乱而不可理解,而这是大多数战斗的典型特征。但透过这个角色个人的眼光，司汤达以令人信服的方式即时传达了这一共同现实。福楼拜在《情感教育》一书中描写1848年巴黎的革命事件，读起来就像一篇群众心理学的论文，但这是作者透过许多人物，包括男主角弗雷德里克和他的朋友们高度个人化的视角表现的。

我们不得不一再强调，小说毕竟是一种虚构，不是专题论文。萨克雷在《名利场》中刻画的夏泼小姐一角，不断周旋于许多好色的男人中间，刚好借此说明了拿破仑战争时期的英国政治界生态，但夏泼小姐这个角色又同时是一个大胆而令人难忘的个体。冯塔纳最著名的一部小说《艾菲·布里斯特》中出身名门的女主角艾菲（Effi）由于婚姻不幸福而红杏出墙，却招致不成比例的罪责，反映了帝国时代的德国是一个多么保守的社会。但她最后被逐出豪门，郁郁以终，反而博取了读者的极度同情，她被看成是一个无辜而惹人怜悯的年轻母亲，一时失足竟成为牺牲者。如果说小说中的主角都只是一些个人，那么由他们所主宰的小说对历史学家而言就没什么意义；如果小说中的主角仅仅是一般性类型，这样的小说对文学而言，就谈不上有什么严肃的贡献。

现代小说家所做的最令人印象深刻的历史性工作就是所

谓"独裁者小说"（dictator-novel）了。这类题材的写作规模甚大，而且发展得很快，特别是在拉丁美洲作家之间——这当然有十分明显的理由。这种类型的小说最特别的例子大概要算马尔克斯出版于1975年的《族长的秋天》一书了。这本小说以最戏剧性的形式提出了小说中的真相问题，刚好可用来结束我们对这个问题的讨论。马尔克斯的写作生涯刚好见证了他自己的国家哥伦比亚在政治上的独裁压迫，他以一种谨慎而带伊索寓言式的风格展现此种独裁政治的恐怖。但在《族长的秋天》一书中，他以一种绝佳的精密技巧表现出非常规的小说写法，撒下了一张更大的网。

马尔克斯从古代历史中学到许多有关专制政治的知识，借此来丰富他所要描写的独裁主题，并将其提升到了历史现象本身。"我从普鲁塔克（Plutarch）和苏埃托尼乌斯（Suetonius）那里学到很多，同时也从凯撒大帝的传记作者那里学到不少。"1977年他在一次访谈中这么说。这帮助他设计了"那张疯狂的被子，就是小说中的族长，他是人类历史中所有独裁者缝合起来的"。他不会那么单纯地把虚构和事实截然两分，他承认小说中可以看到现实世界。他很清楚小说中真实事件的力量，承认真相对虚构的影响。在他的小说中（一如在其他人的小说中），历史永远在他的脑海。

当然,《族长的秋天》的核心题旨并不是凯撒大帝,而是中南美洲。这部小说也不是在讲某一个特定的独裁政权,以马尔克斯的概括,它是"拉丁美洲独裁者的综合描写,特别是加勒比海地区"。总之,小说所指涉的早已超越近几十年的血腥局面,如作者所言,它涵盖了"整个拉丁美洲的幽灵"。中南美洲地区的国家自从19世纪初从西班牙殖民统治下获得独立以来,大多数国家都摆荡在极权主义和无政府主义之间,有的甚至还处于身穿军人制服的嗜血又迷信的自大狂统治底下。1982年,马尔克斯在诺贝尔文学奖的领奖致词上就说过,要是整个拉丁美洲的历史不是那么血腥的话,如此多由于暴政引起的令人发指的轶事可能会很有趣。[①] 马尔克斯忍不住慨叹:"我们从未有过平静的时刻。"毫无疑问,他手上多的是可资运用的材料。

[①] 墨西哥的大独裁者圣安纳(Santa Anna)将军曾在所谓"糕点战争"中失去右手,他死的时候葬礼极尽奢华。莫雷诺(Moreno)将军以君主专政姿态统治厄瓜多尔16年之久,他死的时候,身着豪华军装,胸前挂满勋章,坐在总统宝座上供人瞻仰。萨尔瓦多的马丁内斯(Martinez)将军,这位自称通神的独裁者在一次野蛮狂欢中杀死了三万名农民,他发明了一种钟摆以检验他的食物是否被下毒,有一次国内流行猩红热时,他就下令全国路灯包上红纸以对抗这种传染病。竖立在特古西加尔巴(Tegucigalpa)市中心广场上的莫拉桑(Morazán)将军雕像,实际上是从巴黎买来的二手货,雕像原型是内伊(Ney)元帅。

他的小说描述了可能是加勒比海地区一个不具名国家一位不具名"族长"的故事，这位独裁者被称为"将军"。他展现了所有独裁者应有的特征：自恋、残暴、性放纵，还有某种与生俱来的精明。这位独裁者还具有别人所无的特长：创造奇迹，比如说他能够任意改变时间和天气。这一类超自然的行为我们都可以归诸"魔幻现实主义"的夸大运用，只是它们不知不觉接近了真正独裁政权的清醒、可怕的现实。《族长的秋天》化用了19世纪多米尼加的政客们到处跟人兜售自己的国家这件荒唐事：小说中将军真把领海给卖掉了。曼特尔（Hilary Mantel）对法国大革命的评价也适用于这位独裁者和他那半想象的国家：任何看来最不可能发生的事情可能都是真实的。

那么，在《族长的秋天》一书中，什么是历史，什么是杜撰？这部小说没有提供简单的答案，甚至还故意切断了可能说明事实的蛛丝马迹。小说分为六个部分——每一个部分单立为一个章节，每个部分都以发现"将军"的尸体为开始，然后追溯其荒唐怪诞的生涯。小说的故事并未设定确切的时间背景：作者不告诉我们日期，时间错乱地同时介绍美国海军陆战队和哥伦布。他也不告诉我们这位独裁者的年龄，只让我们大概知道他的年纪在107岁到232岁之间。最令人感到困惑的是，马尔克斯的叙述语调模棱两可。叙述者是匿名的，而且全知全能。大多数情况下，他们似乎是一般大众旁观者，或是将军旁边亲近的官员。但其他人也承担了讲故事的重任，包括独裁者的守卫、一个妓女、独裁者的母亲和他自己——然后就在故事接近尾声的一段关键文字中，我们会忍不住怀疑，这难道不像是某种集体声音的展现吗？有时候作者为了让整个情况变得更加复杂，竟会在叙述的句子中间改变叙述者的身份。

小说进行到最后两三页时，在语气上有了微妙的变化，此种变化无关乎风格。这时候，即使所叙述的都是一些可怕的事件，所有叙述者开始以一种单纯陈述事实的语调继续把故事说完，这种语调因为马尔克斯的黑色幽默而缓解了事件的恐怖，但倒也可能是加强了它。对这位独裁者的统治行为，他只是客观描写，怪异事件一桩接着一桩。当死神向这位独裁者宣告他的死亡之时，这时候，"在如此多年的贫瘠幻想之后，他开始隐隐明白"，可惜已经太迟了，"即使是最博大最了不起的生命也仅能达到学习怎么去活的程度……他意识到了自己没有能力去爱"。小说结束时，"疯狂的人群"冲上街"庆祝他的死亡"，而"荣耀的钟声"正在"向世界宣告一则好消息，宣告那永恒的无尽时光终于结束了"。

如果说马尔克斯在这最后关头，仅在于宣告一种陈腐的智慧，即，要在暴政下生存，人们所需要的只是爱，这恐怕会忽略了他的真正企图。他真正想做的是，带给读者某种由于独裁力量之腐化所产生的气氛。对魔幻现实主义作家而言，历史细节——或是伪历史细节——并不是那么重要，重要的是对那些腐化与被腐化者都必须生活于其中的无所不在的腐烂气氛之深刻描写：比如独裁者那些下属在他面前所表现的屈膝逢迎的无耻嘴脸，对真实或想象的阴谋叛变者施以虐待苦刑，训练刺客去"执行"他们认为不得不如此做的暗杀任务，为统治者不断制造搜刮钱财和女人的大好机会，大肆任用亲戚或有裙带关系的人担任要职，绝不忽略有可能煽动群众起义叛变的因子，因此他们会使尽各种手段去笼络专业阶层、商人或甚至穷人，让他们也成为暴君的帮凶。

独裁者和他们所建立并毫不容情要加以保卫的王国，并非都是一样的。但在他们统治之下，生存的代价是理性的死亡，是生活变得完全不可预测。对独裁者而言，他没有宪法的约束，如果有宪法，也必定是依照他的意志所制定，他讲的话就是宪法。没有人，不论富豪或乞丐，能够下理性的决定。诚实、忠诚、努力工作、赏罚分明等——这些传统的优良德性已经被抹去，要不就是经过扭曲而面目模糊。独裁者的意志就是法律，因此信任会成为首个牺牲品。偏执狂的病症普遍流行，甚至成为正常现象，连独裁者本人也无法幸免。即使偏执狂也会有敌人。独裁者有充分的理由怀疑所有人和所有事，这句话可不仅仅是笑话。

我们很难一下子清楚为什么马尔克斯会称《族长的秋天》是一首"有关权力之孤独的诗"，因为这部小说省略了这一陈述：作者所说的孤独是每个人的命运。为了让他的论点具有说服力，他利用文学的想象手法做到了历史学家做不到或不应该做的事情，他写了一部极具历史意义的小说。凭借其基本的真实性，书中族长的暴行可以成为特鲁希略（Trujillo）在多米尼加或皮诺切特（Pinochet）在智利施行过的恐怖独裁统治的同伙。总之，在一位伟大的小说家手上，小说（虚构）可以创造历史（a fiction can make history）。对这句话的两种理解均可成立。

引文出处

序言

第 3 页,"也都已经加入了现实主义的行列":参见 *Flaubert and Turgenev: A Friendship in Letters. The Complete Correspondence*, trans. and ed. Barbara Beaumont (1985), 37.

第 6 页,"首要之务:对艺术的热爱":见福楼拜致 Louise Colet (August 30, 1846). *Correspondance*, ed. Jean Bruneau, 4 vols. so far (1973—), I, 321.

第 6 页,"现实世界和艺术世界……有所不同":见托马斯·曼,"Bilse und ich," *Gesammelte Werke in zwölf Bänòen* (1960—74; cited hereafter as *Werke*) X, 12.

第 7 页,"两年半过去了":见托马斯·曼,*Buddenbrooks. Verfall einer Familie* (1901; ed. 1981), 51 [Part II, ch. 1].

第 7 页,"他去旅行":见福楼拜, *L'Éducation Sentimentale. Oeuvres*, ed. A. Thibaudet and R. Dumesnil, 2 vols. (1951—52), II, 448 [Part III, ch. 6].

第 11 页,"总会时时感觉到奶妈的存在":见福楼拜致母亲的信 (November 24, 1850). *Correspondance*, I, 711—12.

第 12 页,"其他什么都不必去理会":见狄更斯,*Hard Times*.

For These Times (1854; ed. David Craig, 1969), 47 [ch. 1].

第12页,"现实的人":同上,48 [ch. 2].

第17页,"在戏剧化和解释史实之间经常会互相冲突":见 Hilary Mantel, *A Place of Greater Safety* (1992; ed. 1998), x.

第22页,"为了抚平她生命中的创伤而写":关于这种狭义的解释,见 Theodore J. Jacobs, rapporteur, "Trauma and Mastery Through Art: The Life and Work of George Eliot," *Journal of Applied Pyschoanalytic Studies*, I, 4 (October 1999), 959−60.

第24−25页,"1910年12月左右……几乎无所不包":见 Virginia Woolf, "Mr. Bennett and Mrs. Brown" (1924); *The Captain's Death Bed and Other Essays* (1950), 91, 98, 90, 97.

第一章

第30页,"自燃是无稽之谈":见 G. H. Lewes, open letter to the *Leader*, February 3, 1853. *Dickens: The Critical Heritage*, ed. Philip Collins (1971), 273.

第30页,"我在描写这一段插曲之前已经仔细研究过许多这方面的资料":见狄更斯, *Bleak House* (1854; ed. Stephen Gill, 1996), Preface, 6.

第30页,"不真实到极点的角色":见 W. M. Thackeray, *Fraser's Magazine* (August 1840). *Dickens: Critical Heritage*, 46.

第31页,"这一切都是真的":见狄更斯, *Bleak House*, Preface, 6.

第32页,"与原型完全不同":见狄更斯致 John Forster (March 9 [?], 1852). *The Letters of Charles Dickens*, ed. Madeline House, Graham Story, et al., 11 vols. so far (1965−), VI, 623.

第 32—33 页，"栩栩如生像到了极点"：见狄更斯致 Mrs. Richard Watson (September 21, 1853). *Letters*, VII, 154.

第 33 页，"我写出了我和你之间的交往经验"：见狄更斯致 Leigh Hunt (early November 1853). 同上，460.

第 33 页，"我没想到你会认出他"：见狄更斯致 Leigh Hunt. 同上。

第 33—34 页，"这个脏乱大城市的整个被污染的河岸"：见狄更斯，*Bleak House*, 11 [ch. 1].

第 34 页，"大法官坐在他的法庭里"：同上，12 [ch. 1].

第 34 页，"法律……是驴，是白痴"：见狄更斯，*The Adventures of Oliver Twist* (1838; ed. Humphry House, 1949), 399 [ch. 51].

第 35 页，"大雾甚至钻进了房里的客厅"：见"A Crisis in the Affairs of Mr. John Bull, as Related by Mrs. Bull to the Children," *Household Words*, November 23, 1850. *The Works of Charles Dickens*, National Library Edition, 40 vols. (1902—08). *Miscellaneous Papers*, *Plays and Poems*, XVIII, 215.

第 36 页，"贾迪斯控贾迪斯"：见狄更斯，*Bleak House*, 13 [ch. 1].

第 40 页，"我总是很喜欢观察事物"：同上，24 [ch. 3].

第 41 页，"她会是一个男人所能得到的最佳妻室"：同上，891 [ch. 64].

第 41 页，"没有，完全没有"：同上。

第 41 页，"全书写得最好的部分"：见 John Forster, *Examiner*, October 8, 1853. *Dickens*: *Critical Heritage*, 291.

第 42 页，"最大败笔"：见 G. H. Lewes, review of vol. I of John Forster's life of Dickens, *Fortnightly Review* (February 1872). 同上，574.

第 42 页,"让读者对其种种美德感到厌烦":见 George Brimley, *Spectator*, September 24, 1853. 同上, 285.

第 42 页,"就像是一件商品的交易一样":见 Anon., *Bentley's Miscellany* (October 1853). 同上, 289.

第 43 页,"最喜爱的小孩":见狄更斯, Preface to the Charles Dickens Edition (1869), *The Personal History of David Copperfield* (1850; ed. Trevor Blount, 1966), 47.

第 44—45 页,"好到无法挑剔":见 John Forster, *The Life of Charles Dickens*, 2 vols. (1872—74), II, 133.

第 45 页,"维多利亚时代罗曼司所塑造的空洞天使":见 George Orwell, "Charles Dickens" (1939). *A Collection of Essays by George Orwell* (1954), 109.

第 45 页,"最伟大的肤浅小说家":见 Henry James, "Our Mutual Friend," *Nation*, December 21, 1865. *The Critical Muse: Selected Literary Criticism*, ed. Roger Gard (1987), 52.

第 47 页,"我已经不知不觉地成为他衰老的原因了":见狄更斯, *David Copperfield*, 429 [ch. 25].

第 49 页,"可惜她从来不笑":见狄更斯, *Bleak House*, 24 [ch. 3].

第 49 页,"你要是不要有生日多好……你不能和他们相提并论":同上, 25—26 [ch. 3].

第 50 页,"也希望能够赢得一点爱":同上, 27 [ch. 3].

第 53 页,"热烈期盼我回去工厂做工":见 Forster, *Life of Dickens*, I, 38.

第 55 页,"她完全没有缺点":见狄更斯致 Richard Johns (May 31, 1837). *Letters*, I, 263.

第 56 页,"倒地不起,整个完蛋了":见狄更斯致 John Forster

(January 18, 1844). *Letters*, IV, 24.

第56—57页,"教人恼怒到忍无可忍的地步":见狄更斯致 John Forster (October-November, 1846). 同上, IV, 651.

第58页,"托姆……达到了报复的目的":见狄更斯, *Bleak House*, 654—58 [ch. 46].

第58页,"从未在他的其他作品中写过比这个更为精彩的":见 Henry Fothergill Chorley, review in the *Atheneum*, September 17, 1853. *Dickens: Critical Heritage*, 279.

第59页,"处于半窒息状态":见狄更斯,"The Verdict for Drouet," *Household Words*, April 21, 1849. *The Works of Charles Dickens*, XVIII, 93.

第60页,"注视着在他慈父般照料下的快乐婴儿":见狄更斯, "The Paradise at Tooting," *Household Words*, January 20, 1849. 同上, 81—82.

第62页,"我们都是偏见的受害者":见狄更斯, *Bleak House*, 854 [ch. 60].

第62页,"说这种女人一定会忽略小孩和家务等等":见 John Stuart Mill to Harriet Taylor (March 20, 1854). *Collected Works of John Stuart Mill*, ed. J. M. Robson, et al., 33 vols (1963—91), XIV, 199.

第63—64页,"我们都会小心珍惜人类心中固有的想象之光": 见狄更斯,"Address in the first number of 'Household Words'" (March 30, 1850). *The Works of Charles Dickens*, XVIII, 113.

第64页,"一个没有主义的世界":见狄更斯致 Mrs. Talfourd (April 27, 1844). *Letters*, IV, 114.

第64页,"感性的激进主义":见 Walter Bagehot,"Charles Dickens," *National Review* (October 1856), in *Literary Studies*, 3 vols. (1895; ed. 1910), II, 157.

第65页,"近来接连不断干了许多蠢事":见狄更斯致 W. H. Wills (August 10, 1851). *Letters*, VI, 457.

第68页,"如何不了了之":见狄更斯, *Little Dorrit* (1857; ed. John Holloway, 1967), 145 [ch. 10].

第68页,"机器运转却抽不出水":见 James Fitzjames Stephen, "The Licence of Modern Novelists" (review of *Little Dorrit*), *Edinburgh Review* (July 1857). *Dickens: Critical Heritage*, 369—70.

第70页,"富德公爵或是顾德":见狄更斯, *Bleak House*, 173 [ch. 12].

第71页,"称狄更斯为无政府主义者":见 George H. Ford, *Dickens and His Readers* (1955).

第二章

第77页,"我一直试图进入少女的梦中":见福楼拜致 Louise Colet (March 3, 1852). *Correspondance*, II, 55—56.

第78页,"阿斯塔特神庙的庭院":见福楼拜致 Jules Duplan (May 10 [?], 1857). 同上, 713.

第78页,"并且做了许多笔记":见福楼拜致 Jules Duplan (after May 28, 1857). 同上, 726.

第78页,"惊人的考古学式的用功":见福楼拜致 Jules Duplan (May 10 [?], 1857). 同上, 713.

第78页,"大约一百本左右":见福楼拜致 Jules Duplan (July 26, 1857). 同上, 747.

第80页,"但艺术高于一切!":见福楼拜致外甥女 Caroline

(March 9, 1868). *Correspondance*, III, 729.

第 80 页,"过于真实":见福楼拜致 Louis Bonenfant (December 12, 1856). *Correspondance*, II, 652.

第 81 页,"人类最平凡但也是最堕落的行为":见波德莱尔,"Madame Bovary par Gustave Flaubert," *L'Artiste*, October 18, 1857. *Oeuvres complètes*, ed. Y. G. Le Dantec and Claude Pichois (1961), 651.

第 83 页,"我被自己所写的东西感动了":见福楼拜致 Louise Colet (April 24, 1852). *Correspondance*, II, 76.

第 83 页,"吃晚饭时竟呕吐了起来":见福楼拜致 Hippolyte Taine (November 20 [?], 1866). 同上, III, 562.

第 84 页,"自己最后也会变得疯狂":见福楼拜致 Louise Colet (June 28, 1853). 同上, II, 367.

第 84 页,"我为此快要爆炸了":见福楼拜致 Edma Roger des Genettes (April 15 [?], 1875). 同上, IV, 920.

第 84 页,"他的每一笔都像个熟练的解剖师和生理学家":见 Charles-Augustin Sainte-Beuve, "Madame Bovary, par M. Gustave Flaubert" (May 4, 1857). *Causeries du Lundi*, 15 vols. (1850—80), XIII, 363.

第 86 页,"这是您的首要特质":见福楼拜致波德莱尔 (July 13, 1857). *Correspondance*, II, 744.

第 86 页,"为了浪漫主义的毁灭!":见福楼拜致 Edmond and Jules de Goncourt (August 12, 1865). 同上, III, 454.

第 87 页,"狂热的,甚至是个顽固的浪漫主义者":见福楼拜致 Charles-Augustin Sainte-Beuve (May 5, 1857). 同上, II, 710.

第 87 页, "首先是风格,然后是真实":见福楼拜致 Louis Bonenfant (December 12, 1856). 同上, 652.

第 88 页，"却不把它当宗教看待"：见福楼拜致 Louise Colet (January 11, 1847). 同上，I, 425.

第 88 页，"甚至也不要有任何社会信念"：见福楼拜致 Louise Colet (April 26, 1853). 同上，II, 316.

第 89 页，"像个苦行僧喜欢摩擦他肚皮的粗毛衣"：见福楼拜致 Louise Colet (April 24, 1852). 同上，75.

第 89 页，"艺术家必须提升一切事物！"：见福楼拜致 Louise Colet (June 20, 1853). 同上，362.

第 89 页，"却看不到它"：见福楼拜致 Louise Colet (December 9, 1852). 同上，294.

第 90 页，"我一定会怕得要死"：见福楼拜致 Louise Colet (October 26, 2852). 同上，174.

第 90 页，"我们都被第一流的粪便黏住！"：见福楼拜致 Louis Bouilhet (May 30, 1855). 同上，576.

第 91 页，"所有的观念都腐朽不堪"：见福楼拜致 Maxime du Camp (beginning of July, 1852). 同上，121.

第 91 页，"简直让我想要自杀"：见福楼拜致 Louise Colet (June 20, 1853). 同上，357.

第 91 页，"但现在是绝对不可能的了"：见福楼拜致 Louise Colet (April 24, 1852). 同上，76.

第 91 页，"怎样的商人嘴脸！愚蠢的白痴！"：见福楼拜致 Louise Colet (April 24, 1852). 同上，576.

第 92 页，"我这辈子从未像现在这样感到恶心过"：见福楼拜致外甥女 Caroline (October 25, 1872). 同上，IV, 593.

第 92 页，"我的胆汁既多又苦"：见福楼拜致 Ernest Feydeau (October 28, 1872). 同上，596.

第 92 页，"实际上也包括了劳工阶级的先生们"：见福楼拜致

George Sand (April 30, 1871). 同上，IV, 313–14.

第 93 页，"先晓得要上什么果点一样"：见 *Madame Bovary. Moeurs de province* (1857). Gustave Flaubert, *Oeuvres*, 2 vols., ed. Albert Thibaudet and René Dumesnil (1951–52), I, 331 [Part 1, ch. 7].

第 93 页，"圣坛的芳香"：同上，323 [I, 6].

第 94 页，"在她的灵魂深处挑起无法言喻的甜蜜"：同上。

第 94 页，"她寻找的是情绪，而非风景"：同上，324 [I, 6].

第 95 页，"从田野远处疾驰而来"：同上，325 [I, 6].

第 95 页，"她早先梦想的幸福"：同上，327 [I, 6].

第 96 页，"惹恼所有人"：见福楼拜致 Ernest Feydeau (August 17, 1861). *Correspondance*, III, 170.

第 98 页，"它必须摆在后头才行"：见福楼拜致 Louise Colet (April 30, 1847). 同上，I, 452.

第 98–99 页，"而我每次尝试的时候，都会带给自己伤害"：见福楼拜致 Albert LePoittevin (June 17, 1845). 同上，241.

第 99 页，"咬我，咬我呀！"：见福楼拜致 Louise Colet (September 10, 1846). 同上，334.

第 99 页，"我疯狂地吸吮她"：见福楼拜致 Louis Bouilhet (March 13, 1950). 同上，607.

第 100 页，"我要好好把你吻个痛快！"：见 Caroline Flaubert 致福楼拜 (November 10, 1842). *Correspondance*, I, 126.

第 100 页，"在人们点灯的时候就地狠狠干一趟"：见福楼拜致 Alfred LePoittevin (May 1, 1845). 同上，227.

第 101 页，"接受到其中的一个吻"：见福楼拜，*Mémoires d'un fou* (1839; publ. 1900–01). *Mémoires d'un fou, Novembre et autres texts de jeunesse*, ed. Yvan Leclerc (1991), 292–93.

第 102 页，"你是我永远的爱人"：见福楼拜致 Elisa Schlésinger (May 28, 1872). *Correspondance*, IV, 529.

第 103 页，"碰不得!"：见福楼拜, *Madame Bovary*, 518—19 [III, 2].

第 104 页，"是一位风月老手"：同上，410 [II, 7].

第 105 页，"把她训练成了一个又服帖又淫荡的女人"：同上，466 [II, 12].

第 105 页，"把她操得晕头转向"：见福楼拜, *Madame Bovary*, *nouvelle version*, with unpublished sketches and drafts, ed. Jean Pommier and Gabrielle Leleu (1949), 93.

第 105 页，"充满了对肉欲的渴望"：见福楼拜, *Madame Bovary*, 466 [II, 12].

第 106 页，"没有穿过漆皮鞋"：同上，502 [III, 1].

第 106 页，"许多重要批评家甚至视之为现实主义的典范"：见 James Fitzjames Stephen, *Saturday Review*, July 11, 1857.

第 107 页，"对法国社会状况有兴趣的人"：同上，57.

第 108 页，"人们发现我太过忠于事实了"：见福楼拜致 Louis Bonenfant (December 12, 1856). *Correspondance*, II, 652.

第 108 页，"借此毁掉《巴黎评论》"：见福楼拜致 Edmond Pagnerre (December 31, 1856). 同上，656.

第 108 页，"根本就是一桩政治事件"：见福楼拜致 Achille Flaubert (January 1, 1857). 同上，657.

第 108 页，"见不得人的恶劣阴谋"：见福楼拜致 Achille Flaubert (January 16, 1857). 同上，667.

第 110 页，"拿破仑三世时代的人们"：见福楼拜致 Louise Colet (April 22, 1854). 同上，557.

第 110 页，"坐上帝位之后也是如此"：见 Alfred Cobban, *A*

History of Modern France, vol. 2, *1799 — 1871*（1961；2nd ed. 1965），162.

第112页，"甚至是那些已婚妇女"：见 Ernest Pinard, "Réquisitoire"（prosecutor's plea in the *Ministère Public* vs. Gustave Flaubert, January 28, 1857）. G. F., *Oeuvres*, I, 631—32.

第112页，"所有的裸体和粗俗"：同上，627.

第112页，"通奸的诗意"：同上，623, 624, 628.

第113页，"变成了愤怒的包法利迷"：见福楼拜致 Achille Flaubert（January 6, 1857）. *Correspondance*, II, 662.

第113页，"道德之书"：见 Fitzjames Stephen, *Saturday Review*, July 11, 1857.

第114页，"喝酒、吃饭或小便之类"：见福楼拜致 Louise Colet（April 24, 1852）. *Correspondance*, II, 77.

第115页，"打着紧绷绷的闪缎"：见福楼拜, *Madame Bovary*, 307 [I, 2].

第116页，"舔着杯底"：同上，311 [I, 3].

第116页，"依顺了他"：同上，438 [II, 9].

第117页，"浑身打颤，久久不已"：同上，548—49 [III, 6].

第117页，"我有一个情人！"：同上，439 [II, 9].

第118页，"婚姻的所有陈词滥调"：同上，556 [III, 6].

第119页，"必须透过选择和夸张才能达到"：见福楼拜致 Hippolyte Taine（June 14, 1867）. *Correspondance*, III, 655.

第120页，"我要为自己报复！"：见福楼拜致 Louise Colet（June 28, 1853）. 同上，II, 367.

第121页，"像得了疝气一样"：见福楼拜致 Louis Bouilhet（September 30, 1855）. 同上，597—600.

第121页，"解剖就是报复"：见福楼拜致 George Sand（December

18, 1867). *Correspondance*, III, 711.

第121页,"这些工作扭曲了他们的观念":见波德莱尔,"Madame Bovary, par Gustave Flaubert." *Oeuvres*, 651.

第123页,"但愿如此!":见福楼拜致 Edma Roger des Genettes (October 30, 1856). 同上, II, 644.

第124页,"新近得到十字勋章":见福楼拜, *Madame Bovary*, 611 [III, 11].

第三章

第129页,"让特定时刻获得形而上的、象征性的提升":见托马斯·曼, "Der französische Einfluss" (1904), *Werke*, X, 837.

第130页,"美妙晚宴的绝佳记录者":同上。

第130页,"年轻时代曾给我留下深刻印象":见托马斯·曼, "Bilse und ich" (1906), *Werke*, X, 11.

第130页,"写成一本一千一百多页的小说":见托马斯·曼致 Martha Hartmann (April 23, 1903). *Thomas Mann. Teil I, 1889-1917*, ed. James Wysling, with Marianne Fischer, 3 vols. (1975-81). I, 37.

第131页,"门牌号码是52号":见托马斯·曼致 Julius Bab (October 5, 1910). 同上, 45.

第132页,"我以为底下没有了":见托马斯·曼, *Buddenbrooks. Verfall einer Familie* (1901), *Werke*, I, 523 [Part VIII, ch. 7].

第134页,"这方面的问题我兴致并不大":见托马斯·曼, *Betrachtungen eines Unpolitischen*, *Werke*, XII, 145.

第139页,"一个人可能不是德国人而竟能够成为哲学家吗?":同上, 73.

第139页,"打算自我了断":见托马斯·曼致 Heinrich Mann (February 13, 1901). *Briefe*, ed. Erika Mann, 3 vols. (1962—65), I, 25.

第140页,"形而上学、音乐以及青春期的色情":见托马斯·曼致 Heinrich Mann (March 7, 1901). 同上,27.

第141页,"伤寒症的发病情况是这样的":见托马斯·曼,*Buddenbrooks*, 781 [XI, 3].

第143页,"羞赧得不得了":同上,146 [III, 9].

第144页,"这就是订亲仪式":同上,163 [III, 14].

第144页,"很美丽的":同上,168 [III, 15].

第145页,"我实在是身不由己":同上,170 [III, 15].

第145页,"生命中最快乐幸福的岁月":同上,56 [II, 1].

第146页,"她是上帝给安排好的终身伴侣":同上。

第147页,"门当户对":同上,114 [III, 4].

第147页,"我跟你保证":同上,105 [III, 2].

第148页,"您对我满意吗?":同上,166 [III, 14].

第149页,"加倍的爱":同上,233 [IV, 10].

第149页,"她的陪嫁是否也促进了我对她的感情":同上,290 [V, 7].

第150页,"优雅的、怪异的、迷人的且又神秘的美人":同上,272 [V, 8].

第151页,"沉静而又深邃的相互亲密关系":同上,624 [X, 5].

第152页,"实在一点都不了解":同上,509 [VIII, 7].

第153页,"不由自主地呻吟出声来":同上,647 [X, 5].

第156页,"痛苦到无法形容的幸福的笑容":同上,507 [VIII, 6].

第 157 页,"一堵火墙塌陷下去":同上,750 [XI, 2].

第 160 页,"一种互相理解和互相敬爱的高贵友谊":见托马斯·曼致 Heinrich Mann (March 7, 1901). *Briefe*, I, 27.

第 160 页,"像宝藏一样保存了下来":见托马斯·曼致 Hermann Lange (March 19, 1955). 同上,387.

第 163 页,"我心中的爱、恨、同情、轻蔑、骄傲、责备":见托马斯·曼致 Otto Grautoff (July 27, 1897). Hermann Kurzke, *Thomas Mann. Das Leben als Kunstwerk* (1999), 85—86.

第 163 页,"性倒错的记录":见托马斯·曼, *Tagebuch*, September 17, 1919.

第 165 页,"我说的是实话":见托马斯·曼, *Buddenbrooks*, 580 [IX, 2].

第 165 页,"他的内心感到无比空虚":同上,612 [X, 1].

第 167 页,"我要活下去!":同上,659 [X, 5].

第 167 页,"一个奇怪的滑稽角色":同上,654 [X, 5].

第 168 页,"神圣罗马帝国的商人":见 *Betrachtungen eines Unpolitischen*, *Werke*, XII, 115.

第 169 页,"我最看重的还是《托尼奥·克勒格尔》":见托马斯·曼致 Jean Schlumberger (September 18, 1931). *Briefe*, I, 306.

第 170 页,"我站在两个世界中间,对它们都不习惯":见托马斯·曼, *Tonio Kröger* (1903), *Werke*, VIII, 337.

第 170 页,"人性、生活以及普通事物":同上,338.

第 172 页,"艺术家对其经历的崇高报复":见托马斯·曼,"Bilse und ich," *Werke*, X, 20.

结语

第 178 页,"什么是真理?":见 Francis Bacon, "Of Truth"

(1625). Opening sentence in *Essays*, many editions.

第 178 页,"这个美丽的世界乃由我的心灵所创造":波普尔曾对此种观点多次发表意见,例如见"Two Faces of Common Sense: An Argument for Commonsense Realism and Against the Commonsense Theory of Knowledge," *Objective Knowledge: An Evolutionary Approach* (1972; rev. ed. 1975). 41.

第 179 页,"说出只有小说才能说出的话":见 Milan Kundera, "Dialogue on the Art of the Novel" (1983). *The Art of the Novel* (1986; trans. Linda Asher, 1988), 36.

第 179 页,"说出社会或政治思想所说不出来的有关人类处境的事实":见 Milan Kundera, "Somewhere Behind" (1984). 同上, 117.

第 181 页,"我从未有过任何可以解释谜团的信念":见 C. Vann Woodward, *Thinking Back: The Perils of Writing History* (1986), 34.

第 182 页,"把事件的确定性融解成许多不同叙述的可能性":见 Simon Schama, *Dead Certainties (Unwarranted Speculations)* (1991), 320.

第 183 页,"属于话语秩序":见 Hayden White, "Historical Emplotment and the Problem of Truth," in *Probing the Limits of Representation*, ed. Saul Friedlander (1992), 37.

第 185 页,"受限于叙述者的个性和偏见":见 Schama, *Dead Certainties (Unwarranted Speculations)*, 322.

第 187 页,"客观性并不等于公正性":见 Thomas L. Haskell, "Objectivity is not Neutrality: Rhetoric versus Practice in Peter Novick's *That Noble Dream*," in *Objectivity Is Not Neutrality: Explanatory Schemes in History* (1998).

第 190 页,"他是人类历史中所有独裁者缝合起来的":见

Gabriel García Márquez, 1977 interview, in Michael Palencia-Roth, "Intertextualities: Three Metaphors of Myth in *The Autumn of the Patriarch.*" *Gabriel García Márquez and the Powers of Fiction*, ed. Julio Ortega with Claudia Elliott (1988), 35—36.

第191页,"特别是加勒比海地区":见 Gabriel García Márquez, *El olor de la guayaba: Conversacion con Plinio Apuleyo Mendoza* (1982). Raymond L. Williams, *Gabriel García Márquez* (1984), 111.

第191页,"整个拉丁美洲的幽灵":见 Gabriel García Márquez, "The Solitude of Latin America." Nobel Prize address (1982), in *Gabriel García Márquez: New Readings*, ed. Bernard McGuirk and Richard Carwell (1987), 208.

第191页,"我们从未有过平静的时刻":见 García Márquez, "Solitude of Latin America," *New Readings*, 208.

第193页,"宣告那永恒的无尽时光终于结束了":见 Gabriel García Márquez, *The Autumn of the Patriarch* (1975; trans. Gregory Rabassa, 1976), 255.

第195页,"有关权力之孤独的诗":见 Gabriel García Márquez, *El olor de la guayaba*, Williams, *Gabriel García Márquez*, 121.

参考文献简述

这里列举的书目并不完备,甚至没有包括我曾经参考过的全部材料。我在这里列出来的,只是那些提供给我可靠的信息,或者是给过我影响,激发起我的兴趣,以及那些促使我提出异议的文献。

序言

完整考察从荷马到伍尔夫的现实主义潮流的必备文献是奥尔巴赫(Erich Auerbach)的经典著作《摹仿论》(1946),这是一部清晰、透彻的杰作。另外一篇极有特色的论文,是韦勒克(René Wellek)的《文学研究中的现实主义概念》(1960),收入《批评的诸种概念》(1963)一书。韦勒克的名著《近代文学批评史》(1955—1991),尤其在第三卷和第四卷,也大量谈到现实主义。George Levine, *The Realistic Imagination: English Fiction from Frankenstein to Lady Chatterley* (1981),讨论重点集中于英国作家。*Documents of Modern Literary Realism*, ed. George J. Becker (1963) 是一部收录内容非常丰富的文献集,包括了从别林斯基到埃里希·海勒,从福楼拜到普鲁斯特,从左拉到菲利普·拉夫等人的相关论述,其中有些材料不仅有相当的长度,覆盖面也比较广。*The Age of Realism*, ed. F. W. J. Hemmings,全面考察了现实主义小说,时间涵盖了从18世纪的开端直到它在现代主义时代的衰弱。*The Monster in the Mirror: Studies in Nineteenth-Century Realism*, ed. D. A. Williams（1978），此书让我受益良多，其中收录的清晰、权威的论文涉及九部小说，包括巴尔扎克《人间喜剧》、福楼拜《情感教育》、豪威尔斯《塞拉斯·拉帕姆的发迹》、冯塔纳《艾菲·布里斯特》。布斯（Wayne C. Booth）的《小说修辞学》（1961）也讨论了现实主义。此外，还有 Harry Levin, *The Gates of Horn*（1963），收录了讨论司汤达、巴尔扎克、福楼拜、左拉和普鲁斯特的长篇论文，Levin 数十年致力于法国现实主义小说研究，本书也是他在这个问题上的权威之作。

将历史小说当作一种类型来研讨，看虚构的花园中出现真实的蟾蜍时，故事须如何开展，这类作品相对较少。在收录了数篇探索性的公开演讲的文集《论历史与故事》（2001）中，A. S. 拜厄特使尽了浑身解数，运用了大量材料；在我看来，她的探索在某种程度上带有某些后现代主义者、某些非历史性的历史学家的缺陷，把虚构和历史拉得过于接近，超过了在我看来应有的恰当距离。卢卡奇（Georg Lukács）的《历史小说》（1937），自然是以一个唯物主义者的立场来看待这种类型的变化过程；不过，他有关个别小说的讨论还是值得参考。在 *Real and Imagined Worlds: The Novel and Social Science*（1977）一书中，Morroe Berger 从社会学家的角度来看小说，其中第七章就是关于虚构与历史。Allan Conrad Christensen, *Edward Bulwer-Lytton: The Fiction of New Regions*（1976），从集体转到个别论述，用整个第五章分析了这样一个作家，他继司各特之后，让历史小说更加受人尊敬，而且保持流行。Alice Chandler, *A Dream of Order: The Medieval Ideal in Nineteenth-Century Literature*（1970），此书表明了，尤其是在司各特的影响日渐深远之后，中世纪精神怎样在维多利亚时代的英格兰流行开来；当然司各特的影响不仅仅局限在英国。有关司各特的研究，其中最有说服力的作品，也是让人手不释卷、一读再读的经典之作，是 Alexander Welsh, *The Hero of the Waverly Novels* (1963; 2nd ed. 1992)。

对许多欧洲小说家来说，司各特是历史现实主义之父。Peter Demetz, *Formen des Realismus: Theodor Fontane. Kritische Untersuchungen* (1964; 2nd ed. 1966)，从司各特写起，巨细靡遗地追溯了他对德国现实主义的影响。Eda Sagarra, *Tradition and Revolution: German Literature and Society 1830—1890* (1971)，论及正是在司各特的影响下，德国的历史小说家比以前更容易为社会所接受。至于司各特和历史小说在法国的情况，可以参看 M. G. Hutt and Christophe Campos, "Romanticism and History," in *French Literature and Its Background*, vol. 4, *The Early Nineteenth Century*, ed. John Cruickshank (1969), 97—113, esp. 100—106。

关于托尔斯泰的历史观，首选伯林 (Isaiah Berlin) 的名作《刺猬与狐狸》(1953)。R. F, Christian, *Tolstoy's "War and Peace": A Study* (1962)，也是以此为主题。Christian 还编辑过托尔斯泰的两卷本书信集 (1982)，其中添加了大量中肯的评论。Aylmer Maude 的 *Life of Tolstoy*, 2 vols. (1930)，现在仍然是权威之作。

第一章

狄更斯的作品集已经有数不清的版本，完整程度、可靠程度各有千秋。最近有两种集子，*The New Oxford Illustrated Dickens*, 21 vols. (1947—1958)，以及企鹅经典 (Penguin Classics) 中的单行本，价格适中，也比较容易买到。这两种集子都补充了有用的注释和介绍。至于《荒凉山庄》，我用的是 Stephen Gill 的版本。*The Letters of Charles Dickens*, ed. Madeline House, Graham Story,

Kathleen Tillotson, et al. (1965—), Pilgrim Edition, 精美至极, 共 11 卷, 内容几近完备, 且有详尽的注解, 用一个词来形容, 那就是"不可或缺"。狄更斯发表在期刊上的文章, 首选参考《家庭箴言》(*Household Words*), 在几种合集中都可以见到。*Charles Dickens's Uncollected Writings from "Household Words" 1850—1859*, ed. Harry Stone (1968), 补充了狄更斯与人合作的几种作品。还有一种便携本, *Sketches by Boz* (1836—1850), intro. by Peter Ackroyd, 其中收录了狄更斯给这部文集的不同版本写的序言。

在大量的狄更斯传记中, 第一本是他的好朋友 John Forster 的 *The Life of Charles Dickens*, 2 vols. (1872—1874 年版或后来的几种版本均可), 无论是论断还是细节, 此书都仍然值得一读, 作者对他所熟悉的这个天才人物有亲切而不失公允的判断。在现代作品中, Edgar Johnson 的力作 *Charles Dickens, His Tragedy and Triumph*, 2 vols. (1952), 一般被认为是标准之作。此书还算可靠, 尽管作者表示了过高的崇敬之情, 其中有关个别小说作品的议论有些肤浅, 稍显啰嗦。Fred Kaplan, *Dickens: A Biography* (1988), 是最吸引人的近作, 完全符合现代学术的标准。

Alexander Welsh 写过几篇非常有原创性的、甚至可以说是有启发性的雅致文章, 尤其是 *From Copyright to Copperfield: The Identity of Dickens* (1987), 以及 *Dickens Redressed: The Art of "Bleak House" and "Hard Times"* (2000)。我还用过精彩的 Norton Critical Edition, *Bleak House*, ed. George Ford and Sylvére Monod (1977); 以及一本信息丰富且有价值的概览, Susan Shatto, *The Companion to "Bleak House"* (1988)。埃丝特, 一个半世纪以来饱受诽谤, 不过现在她已经有了一些勇敢的辩护者; Alex Zwerdling 对她做了一次令人信服的心理分析, "Esther Summerson Rehabilitated," PMLA, LXXXVIII (1973), 429—439; 此文深得我心。关于

狄更斯对大法官庭的讽刺描写，William S. Holdsworth, *Charles Dickens as a Legal Historian* (1928)，严肃地提出了一些疑虑。Philip Collins 在 *Dickens and Crime* (1962; 2nd ed., 1964) 一书的第八章 ("The Bench")，对这些批评做出了肯定和补充。

有关作家狄更斯的研究，也出现了一些特别有价值的作品。Humphry House 的杰作 *The Dickens World* (1941; 2nd ed. 1942) 就令人信服地说明，狄更斯实际上是不加辨别地使用他想象中的材料，而这些材料分别取自英格兰 19 世纪上半叶的数十年之间；他的写作就像个冲动的改革者一样（对此，我在本书中也描述过一些细节）。Philip Collins 在 *Dickens and Crime* 之外，又贡献了一本同样给人深刻印象的著作，*Dickens and Education* (1963; rev. 1964)。John Butt and Kathleen Tillotson, *Dickens at Work* (1957)，此书对狄更斯写作和改写的方法做了认真细致的探讨。Michael Slater, *Dickens and Women* (1983)，内容扎实，详细描述了狄更斯跟女性的交往，其中既包括现实生活中的，也有想象世界里的。有两本恰好相互补充的著作追溯了狄更斯在数十年间被接受的过程：George H. Ford, *Dickens and His Readers: Aspects of Novel Criticism Since 1836* (1955)，以及 *The Dickens Critics*, ed. George H. Ford and Lauriat Lane, Jr. (1961)，尤其是后者，其中找出了三十多种精心选择的文献证据。*Dickens: The Critical Heritage*, ed. Philip Collins (1971)，是我写作本书的案头资料，其中大量篇章都是有关当时的论说和后世的评论。此书证明，即便狄更斯还在世的时候，有关他的评论就已经非常兴盛了。

在同时代人的评骘之词中，最为突出的是 Walter Bagehot, "Charles Dickens" (1856), in *Literary Studies*, 3 vols. (1895)。至于 20 世纪的大量评论，奥威尔的《查尔斯·狄更斯》(1939), reprinted in *A Collection of Essays by George Orwell* (1954), 55—

111，此文给人深刻印象，典型地反映了这位作者的特点：铿锵有力，振奋人心。Harry Stone, *The Night Side of Dickens: Cannibalism, Passion, Necessity* (1994)，此书略显古怪，不过对于狄更斯的阴暗面做出了重要的提示。F. R. and Q. D. Leavis, *Dickens the Novelist* (1970)，此书也值得参考，尽管我不满意他的一些判断，有点儿自以为是和固守教条。在 *The Intellectual Life of the British Working Classes* (2001) 一书中，Jonathan Rose 记录了狄更斯在"下等阶层"中广泛流行的情况。

第二章

长期以来，福楼拜著作的标准版本一直是所谓的 Conard Edition, 12 vols. (1910—1954)；不过，Benjamin F. Bart 考察过原始的手稿，他指出这个版本中的文本，"尽管通常是最好的，还是不时会碰到不可靠的地方"，见 *Flaubert* (1967), 746。实际上我采用的是 Albert Thibaudet 和 René Dumesnil (1951—1952) 编辑的两卷本《全集》(*Oeuvres*)，内容编辑精良，遗憾的是忽略了福楼拜年轻时代的全部作品（这实在是一个影响重大而又无法原谅的编辑决定），以及其他一些次要的作品。趁手的一卷本文集，*Flaubert: Mémoires d'un fou, Novembre, et autres textes de jeunesse*, ed. Yvan Leclerc (1991)，可以说部分起到了弥补这一疏漏的作用。至于福楼拜大量的、内容丰富的通信，绝对是重要资料，在前述 Conard Edition 中，就有一种九卷本的通信集 (1926—1933)，1954 年又补充了四卷。幸运的是，我还可以利用 Jean Bruneau 编辑的、加有完美注释的 *Correspondance*，至今已经扩充到四卷 (1973—1998)，收录内容直到 1875 年，亦即福楼拜辞世之前的五年。

我要说明的一点是，所有法文的引文（德文的也是一样）都是出自我自己的译笔，同时我也参考了《包法利夫人》的 Francis Steegmuller 英译本，这是最好的一种，不过翻译风格要比我的自由得多。*Madame Bovary*, *nouvelle version*, ed. Jean Pommier and Gabrielle Leleu（1949），包括未刊的提纲和草稿，是让人大开眼界的学术成果。Norton Critical Edition，*Madame Bovary*（1965），edited by Paul DeMan，编辑者声称是"全新的译文"（他依据的是 19 世纪晚期 Eleanor Marx 的译文），但根据我的判断，此版本译文呆板，有些地方也不合语言习惯；然而，这个版本的特点是广泛收录了大量的文学评论和传记资料，包括摘录福楼拜早期为这本小说写的精彩梗概（不过，那些淫秽情节被有意省略了，比如我引用的罗道耳弗对爱玛的性剥削一节）。

传记作品中，前面提到的 Bart 的 *Flaubert*，是内容最扎实的一种。Maurice Nadeau, *Gustave Flaubert*, *écrivain*（1969；2nd ed. 1980），重在对其作品的分析。Francis Steegmuller, *Flaubert and "Madame Bovary": A Double Portrait*（1939；2nd ed. 1947），是福楼拜传记中非常有风格的一种。关于福楼拜的生平概略，可以参考 Philip Spencer, *Flaubert: A Biography*（1952）以及萨特的 *The Family Idiot: Gustave Flaubert*, *1821 — 1857*, trans. Carol Cosman, 3 vols.（1972），作者滔滔不绝地对青年福楼拜的精神演进做了"精神分析"。在此书中，萨特提出疑问：这位作家既然没有表现出什么同性恋冲动的迹象，他又是如何让自己转换到女性视角来创作这部伟大的小说呢？萨特这一冗长的著作致力于从历史的角度来探讨福楼拜的神经官能症，不能说没有他的洞见之处，不过可以说主要是他个人后天习得的嗜好，我自己并没有这种东西。[关于这部 3000 页的长篇大论，Hazet, E. Barnes 做了忠实的缩写和鉴赏，参见 *Sartre & Flaubert*（1981）]。与之相比，Victor Brombert 的 *Flaubert par lui-même*（1971）就要有用得多，这是一本关于福楼拜心灵世界的思想传记（对我来说，这一方面最有教益），行文之间交织了福楼拜著作的引文，或直接或间接，并且附注了作者本人清晰的评论。

在稳步增长的二手研究文献中，Brombert 也贡献了一本重要作品，*The Novels of Flaubert*: *A Study of Themes and Techniques* (1966)。有关福楼拜的早年生活，可以参考 Jean Bruneau, *Les débuts littéraires de Flaubert*, *1831—1845* (1962)，以及 G. M. Mason, *Les écrits de jeunesse de Flaubert* (1961)。一个有趣但并不意外的现象是，文学家常常会到《包法利夫人》那里去寻找灵感。比如略萨的 *The Perpetual Orgy: Flaubert and "Madame Bovary"* (1975; trans. Helen Lane, 1986)。作者对这部小说，尤其是它的女主人公，表示了衷心的热爱，此书无论是内容还是形式都还算中规中矩，可圈可点。巴恩斯（Julian Barnes）的《福楼拜的鹦鹉》(1984)，更是不能遗忘之作，这是他最为成功的作品之一。其生动感人之处，融入了后现代转向之后的花俏表述和风格：书中主角是一位福楼拜研究者，对他研究对象的生平和学问有深切体悟，将其研究变成了对悲伤的辩护。

至于一般性的背景，F. W. J. Hemmings, *Culture and Society in France*, *1848—1898: Dissidents and Philistines* (1971)，最具有参考价值。

第三章

在托马斯·曼的数种合集中，我使用的是 *Gesammelte Werke*, 12 vols. (1960)，以及 1972 年补充的一卷。他的大部分通信也已经收录在一些往来书信集中出版了。研究者可以参考的有，*Briefwechsel mit seinem Verleger Gottfried Bermann Fischer*, *1932—1955*

(1973), *Hermann Hesse-Thomas Mann: Briefwechsel*, ed. Anni Carlsson (1968), *Thomas Mann-Heinrich Mann: Briefwechsel 1900—1949*, ed. Hans Wysling (1968; enlarged ed. 1995); 而 *Briefe*, ed. Erika Mann, 3 vols. (1962—1965), 尽管看起来部头不小, 实际上内容单薄筛选过严。*Thomas Mann*, in the series *Dichter über ihre Dichtungen*, ed. Hans Wysling with Marianne Fischer, 3 vols. (1975—1981), 此书价值很大, 尤其是从许多罕见的材料中整理出了一份曼有关自己作品的自我评论的详尽目录。

从20世纪80年代中期开始, 有关托马斯·曼的传记研究越来越热, 直到最近, 由于曼的同性恋倾向从公开的秘密变成了真正的公开事实, 这一趋势也减缓了势头。在较近的一批传记中, 最令人满意的是 Hermann Kurzke, *Thomas Mann, Das Leben als Kunstwerk* (1999), 这本书不像其他同类传记, 对曼的生平和著作给予了同样的重视, 甚至可以说把二者融合在了一起。Klaus Harpprecht, *Thomas Mann. Eine Biographie* (1995), 长达2253页, 是一部具有里程碑意义的作品。在英语世界中, Nigel Hamilton, *The Brothers Mann: The Lives of Heinrich and Thomas Mann 1871—1950 and 1875—1955* (1979), 巧妙地追溯了曼兄弟一生的爱恨关系。很遗憾, Richard Winston, *Thomas Mann: The Making of an Artist, 1875—1911* (1981), 此书因为作者的逝世而未全部写完。在简短一些的传记作品中, Henry Hatfield, *Thomas Mann* (1951; rev. ed. 1962), 堪称文学研究的睿智之作。

在有关托马斯·曼的研究中, 传记和批评之间的界限是非常模糊的。Hatfield, *From "The Magic Mountain": Mann's Later Masterpieces* (1979), 其特色是作者不同寻常的常识判断力。Erich Kahler, *The Orbit of Thomas Mann* (1969) 收录了五篇相关联的论文, 重点剖析了曼不断增长的知识分子参政的热情, 作者可谓知其甚深。

Kurt Sontheimer, *Thomas Mann und die Deutschen* (1961), 冷静地探讨了同样细微的主题, Harpprecht 也有一本同题之作 (1990)。Erich Heller, *The Ironic German* (1958), 此书对曼的个人爱好和他最著名的姿态有恰当的描述。在马克思主义者的批评中, 最少意识形态色彩、最少俗气的作品是卢卡奇的 *Essays on Thomas Mann* (1961), trans. Stanley Mitchell (1964), 尽管作者也承认, 托马斯·曼是一个特别的现实主义者, 但此书还是如预料之中的, 把曼视为一个资产阶级的现实主义作家。

结语

关于批判现实主义的统治地位, 那些哲学家们的普遍共识在这里就没有必要再细述了。John Passmore, *A Hundred Years of Philosophy* (1957; 2nd ed., 1966), 被公认为偏向英美哲学, 而对欧洲大陆形而上学鲜有涉及, 不过从中也可以看出现实主义传统的力量。G. E. Moore, *Philosophical Papers*, 在他逝世那年 (1958) 才收集成书, 平实而有力, 至今仍然很值得阅读。我在书中引述过的卡尔·波普尔, 一生都是现实主义的忠实捍卫者。类似辩护, 可以参见他的《客观知识》(1972)。Bryan Magee, *Popper* (1973), 是一本带有热情的波普尔式的简短研究。奥斯汀 (J. L. Austen) 有不少机智的文章谈到了现实主义观点, 著名文章如 "Truth" (1950) 和 "Unfair to Facts" (1954 年宣读), 二文均收入 Austen, *Philosophical Papers*, ed. J. O. Urmson and G. J. Warnock (1961)。内格尔 (Thomas Nagel) 措辞巧妙的哲学论著, 讨论了现实之真实性以及客观性之可能, 对我有过重要影响; 尤其是他的《本然的观点》(1986) 和 *The Last Word* (1997) 二书让我获益最多。William P. Alston, *A Realist Conception of the Truth* (1996), 此书尽管专门,但对外行读者也很有用。此外,还可以参考麦克道威尔(John McDowell)的《心灵与世界》(1994)。

库恩(Thomas Kuhn)的名著《科学革命的结构》(1962),我也在本书中引用过,此书取得的成绩之大甚至是作者自己不曾梦想到的。因为该书中提出的科学意识形态中的范式转移这一有吸引力的概念,后现代的主观主义者颇为振奋,引其为友军,以为同样是对"朴素的实证主义者"或"朴素的现实主义者"的攻击。这里面当然也有部分是库恩自己的错误,读者看了他的只言片语,会以为他把科学的历程视为并非一个进步的故事,而是透过遮蔽的镜头观察过去的一些不同方法的连续。然而,在库恩后期精心阐述的论著中,可以看出他从来不相信外部世界是观察者制造出来的这种神话故事。参见《必要的张力:科学的传统和变革论文选》(1977),以及 *The Road Since Structure: Philosophical Essays, 1970—1993*, ed. James Conent and John Haugeland(2000)。事实说明,库恩并不是一个相对主义者或者主观主义者。

如果谁想要念一个后现代历史观的速成班,首选教材是 *The Post-Modern History Reader*, ed. Keith Jenkins (1997)。此书的优点是除了那些大人物,编者还不带偏见地选录了一些不太知名的后现代主义者。它甚至给怀疑者留了一些空间。在历史学家中,最有影响的后现代理论家是海登·怀特(Hayden White)。《元史学》(1973),《话语的转义》(1978),《形式的内容》(1987),在这一系列著作中,他把历史转化为某种(通常是不被承认的那种)关于过去的小说。在《元史学》一书的前言中,他告诉读者应该期待什么:"我是按照历史著作最明显的样子来对待它们的:亦即,以叙述性散文话语呈现的一种文字结构。"历史的"深层的结构内容","大体是诗性的,具体说来,本质上是语言性的……"除了尼采之外(在这一思想流派中,尼采是人人喜爱的),怀特的思想导师是米歇尔·福柯。而怀特本人，则是其他后现代主义者的思想导师。尤其要注意的是福柯的《词与物》(1966)，以及富有启发性的 *Power/Knowledge: Selected Interviews and Other Writings, 1972 – 1977*, ed. C. Gordon, et al. (1980)；此外，还有他关于现代文化史的两种灾难性的冒险之作，《疯癫与文明》(1964) 和《规训与惩罚》(1975)。*在福柯史学研究的后现代探索中，主要问题是他的心理状态是一个不可救药的还原主义者 (reductionist)：对他来说，一切问题都是权力问题，都是有权者对无权者的半无意的阴谋。Madan Sarup, *An Introductory Guide to Post-Structuralism and Postmodernism* (1988)，第二版又有大幅增订 (1993)，对此类运动表达了远比我多的同情之理解，而且还概括总结了拉康、德里达、利奥塔、鲍德里亚等人的观点，并试图在其间寻找一种平衡。

最近几年，有关拉美作品的研究文献也多了起来，与之相伴的是对于其中一些模范样本（尤其是马尔克斯的魔幻现实主义）越来越多的激赏。关于他的小说，首先值得参考的是 *Gabriel García Márquez and the Powers of Fiction*, ed. Julio Ortega and Claudia Elliott (1988)，尤其是 Ortega 的论文 "Intertextualities: Three Metaphors of Myth in *The Autumn of the Patriarch*." 还可以参考 *Gabriel García Márquez, New Readings*, ed. Bernard McGuirk and Riarch Caldwell (1987)，以及 Raymond L. Williams, *Gabriel García Márquez* (1984)。对于这类新兴文学作品的研究中，也许最让人满意的是 *Latin Ameri-*

---

* 这并不是说，福柯把问题全都搞错了。比如，与表面现象相反，在维多利亚时代，"性话语"（sexual discourse）其实是非常丰富的。福柯就是最早注意到这一问题的人之一。

can Fiction: A Survey, ed. John King (1987),撰稿者中包括一些当代最好的作者。Gerald Martin, *Journeys Through the Labyrinth: Latin American Fiction in the Twentieth Century* (1989),也颇有参考价值。

致谢

这本书最早的、更为简略的版本,是我2000年10月在纽约公共图书馆的学人中心所做的诺顿讲座(W. W. Norton Lectures)的演讲。2000—2001年度的许多中心成员为了这个文本的改进贡献了他们的智慧,特别是 Walter Frisch、Tony Holden、Anne Mendelson,还有 Claudia Pierpont。第三章有过一个早期的面貌差别很大的稿本,那是我1995年在加州大学洛杉矶分校所做 Robert Stoner 讲座的演讲内容。在此之前,我还在主讲威斯康辛大学的大学讲座和维吉尼亚大学的 Page-Barbour 讲座时,就已经有了第二章和第三章里一些想法的观念雏形。在纽黑文那个无与伦比的 Yorkside 比萨店里,无数次共进午餐时,Doron Ben-Atar 跟我反复讨论过这本书,而且他仔细地通读了书稿,还提出了建设性的意见,对此我要向他表示感谢。Bob Weil 又一次证明了他是最靠得住的编辑。Jason Baskin 卓有成效地解决了麻烦。而 Ann Adelman,则是所有作者都期待与之合作的那种文字编辑。我的夫人 Ruth,面对我各式各样的稿子始终保持宽容,让我深感欣慰。

彼得·盖伊

写于汉敦,康涅狄格,以及纽约

2002 年 1 月

图书在版编目(CIP)数据

现实主义的报复：历史学家读《荒凉山庄》《包法利夫人》《布登勃洛克一家》/（美）彼得·盖伊著；刘森尧译. —北京：北京联合出版公司，2023.3（2025.6重印）
ISBN 978-7-5596-6556-0

Ⅰ.①现… Ⅱ.①彼… ②刘… Ⅲ.①小说研究-世界 Ⅳ.①I106.4

中国国家版本馆CIP数据核字（2023）第033274号

SAVAGE REPRISALS
Copyright © 2002 by Peter Gay
Originally published by W. W. Norton & Company, Inc.
Simplified Chinese translation edition copyright © 2023
by Neo-Cogito Culture Exchange Beijing, Ltd.
Published by arrangement through Bardon-Chinese Media Agency
All rights reserved
北京市版权局著作权合同登记　图字：01-2023-1237

本书译文由立绪文化事业有限公司授权简体字版出版发行

现实主义的报复：历史学家读《荒凉山庄》《包法利夫人》《布登勃洛克一家》

著　　者：[美] 彼得·盖伊
译　　者：刘森尧
出 品 人：赵红仕
出版统筹：杨全强　杨芳州
责任编辑：李　伟
特约编辑：金　林
封面设计：彭振威

北京联合出版公司出版
(北京市西城区德外大街83号楼9层　100088)
北京联合天畅文化传播公司发行
北京启航东方印刷有限公司印刷　新华书店经销
字数267千字　1092毫米×870毫米　1/32　7.375印张　插页2
2023年3月第1版　2025年6月第2次印刷
ISBN 978-7-5596-6556-0
定价：58.00元

版权所有，侵权必究
未经许可，不得以任何方式复制或抄袭本书部分或全部内容
本书若有质量问题，请与本公司图书销售中心联系调换。
电话：010-65868687　010-64258472-800